KB161248

2120년에서 친구가 찾아왔다

SOMNIAVERO

Text by Anna Stürzer
Illustrations by Julia Dürr

Copyright © Oldib Verlag, 2011
Korean copyright edition © Prunsoop Publishing Co., Ltd., 2016
All rights reserved.

This Korean edition published by arrangement with Oldib Verlag through
Shinwon Agency Co., Seoul.

2120년에서
SOMNIAVERO

친구가
찾아왔다

안야 슈튀르처 글 | 율리아 뒤어 그림 | 김완균 옮김

푸른숲주니어

차례

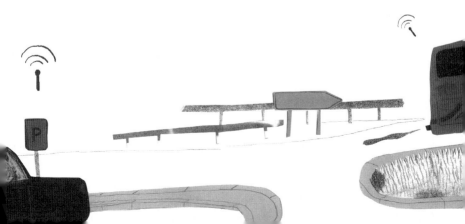

과거로의 시간 여행

:

요하난

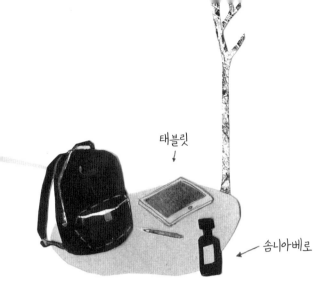

태블릿

솜니아베로

시간 여행, 2020년 7월 15일.

늑대는 사람들이 생각하는 것보다 훨씬 크다. 늑대는 노란 눈으로 상대를 똑바로 바라본다. 늑대와 마주친 사람들은 그 노란 눈 때문에 두려움에 휩싸인다.

요하난은 태블릿에다 방금 써 놓은 문장을 다시 한 번 읽은 뒤 엔터키를 눌렀다. 가늘고 삐뚤빼뚤했던 글자들이 스르륵 움직이며 가지런히 정돈되었다. 전자펜을 다시 집어 들었다.

엄마는 과거로 갔다가 돌아왔을 때, 그곳에서 겪은 일들을 사람들에게 생생하게 들려주기 위해서는 꼼꼼히 기록해 둬야 한다고 말했다. 시간 여행은 참 묘하고…….

  햇살이 태블릿을 밝게 비추었다. 요하난은 짜증이 훅 치밀었다. 백 년 전의 따스한 햇볕을 쬐며 호수에서 수영을 할 수도 있고, 놀이동산에서 놀이 기구를 타며 신나게 놀 수도 있다. 그런데 아무짝에도 쓸모없어 보이는 기행문이나 쓰라니! 이럴 거면 당장 집으로 돌아가서 편안히 앉아 글이나 쓰는 편이 나을 것 같았다.

  요하난은 고개를 들어 늑대 우리를 둘러싼 높다란 울타리를 쳐다보았다. 조금 전까지 자신을 바라보던 늑대는 어디론가 사라지고 없었다. 한숨을 푹 내쉬었다. 적어도 여행의 마지막 날만큼은 한가롭게 보내고 싶었다. 다행히 엄마 아빠도 내일은 바닷가에 가겠다고 약속했다. 이런저런 생각을 하다가 다시 태블릿 위로 고개를 숙이고 글을 이어 갔다.

  오늘은 사람에게 길들여진 늑대들이 어슬렁거리는 사파리 공원에 갔다. 이게 그곳에서 본 늑대들의 사진이다.

  요하난은 사진을 첨부한 뒤 설명을 덧붙였다.

  옛날에는 늑대 같은 야생 동물들이 이곳 우커믹 사파리 공원이 아니라 지구 곳곳에 흩어져 살았다고 한다.

그러자 커서가 깜박거리며 '우커믹'을 '우커막'으로 수정해 주었다. 요하난은 코끝을 찡긋하고는 계속 써 내려갔다.

동화에서처럼 늑대들은 숲에서 살고 있다. 지금 여기의 시간대에서는…….

"뭘 쓰고 있는 거야?"

요하난은 깜짝 놀라 고개를 들었다. 처음 보는 남자아이가 호기심 가득한 눈길로 태블릿을 들여다보고 있었다. 적갈색 머리칼에 유난히 창백해 보이는 얼굴빛의 그 아이는 눈이 나쁜지 안경을 쓰고 있었다. 요하난은 황급히 태블릿을 껐다. 시간 여행 중에는 새로 나온 홀로그래피 게임이나 레이저 칼처럼 태블릿도 이 시대 사람들이 보지 않는 경우에만 사용할 수 있었다.

우커막
사파리 공원

"그 태블릿, 진짜 근사하다!"

남자아이가 두 눈을 반짝이며 말했다. "반짝거리는 글자가 마음에 쏙 드는 데! 나도 한번 써 보고 싶다! 그런데 지금 늑대에 관해서 조사하고 있는 거야?"

"뭐?"

요하난은 무심코 되묻다가 하마터면 혀를 깨물 뻔했다. 시간 여행 안내자의 경고가 떠올랐기 때문이다. 이 시대 사람들과 대화를 나누어서도 안 될뿐더러 어떤 방법으로든 접촉을 해서도 안 된다고 귀에 못이 박히도록 들었다. 그 경고를 무시했다가는 미래가 바뀔 수도 있고, 원래 시대로 돌아가지 못할 수도 있다고 했다.

솔직히 요하난은 일상적인 대화가 어떻게 미래를 바꿀 수 있는지 좀처럼 이해가 되지 않았다. 하지만 세상일은 알 수 없는

거니까 주의를 기울이는 편이 안전했다. 도움을 청하려고 주위를 두리번거렸지만 엄마 아빠는 눈에 띄지 않았다. 대신 한 무리의 아이들이 늑대 우리 앞에서 시끌벅적하게 떠들어 대고 있는 것이 보였다.

"메얼린, 네 늑대는 어디 있어?"

늑대 우리 근처에서 여자아이가 소리쳤다. 그러자 요하난 옆에 있던 남자아이가 대답했다.

"잠깐만! 내가 보여 줄게."

아이들은 순식간에 늑대 우리로 우르르 몰려들었다. 요하난은 잠시 주저하다가 아이들 틈에 슬그머니 끼어들었다. 엄마가 이 모습을 보면 기겁을 할 게 뻔하지만.

메얼린이라는 아이는 늑대 우리 안으로 스르륵 기어 들어갔다. 그리고 두 손을 모아 입에 대고는, 구슬프게 이어지는 울음소리를 냈다.

"뭐 하는 거야?"

여자아이가 물었다.

"기다려 봐!"

메얼린의 말에 아이들은 조용히 기다렸지만, 한참이 지나도록 아무 일도 일어나지 않았다. 요하난이 슬그머니 빠져나가려고 하는 찰나, 회백색 늑대가 덤불 속에서 소리 없이 모습을 드러냈다. 늑대는 울타리 건너에 서 있는 아이들을 뚫어지게 바라보았다.

"저 늑대의 이름은 디바인데 이제 두 살이야."

메얼린의 목소리는 다정하면서도 힘이 있었다.

"그걸 어떻게 알아?"

모든 게 신기하고 궁금한 요하난은, 이곳의 아이들과 이야기를 나눠서는 안 된다는 금지 사항을 까맣게 잊어버리고 질문을 던지고 말았다.

"디바가 막 태어났을 때, 아빠가 집에 데리고 와서 몇 주 동안 키웠거든. 디바가 새끼를 낳아야 할 나이가 되어서 지금 이 공원에 와 있는 거야. 잘 봐. 저기, 콧등에 하얀 반점 보이지?"

늑대의 콧등에 정말로 하얀 반점이 있었다.

요하난은 메얼린이 부러웠다. 메얼린처럼 아기 늑대를 직접 키울 수 있다면 얼마나 좋을까? 꼭 늑대가 아니더라도 동물을 한번 키워 보고 싶었다. 요하난이 조심스레 물었다.

"새끼를 얻을 수 있을까?"

"아니! 늑대는 야생 동물이어서 절대로 완벽하게 길들일 수 없어."

메얼린은 바지 주머니에서 돌돌 만 종이를 꺼내 풀어 헤쳤다. 피 묻은 종이 안에는 죽은 동물의 살점 같은 게 들어 있었다.

'맞아! 이 시대 사람들은 고기를 먹는다고 했지!'

요하난은 언뜻 학교에서 배운 내용이 떠올랐다. 그 순간 몸이 부르르 떨렸다. 요하난이 사는 시대에서 육식은 상상조차 할 수 없었다. 가축을 키우는 데 필요한 깨끗한 물이나 사료가 부족할 뿐만 아니라, 살아 있는 동물을 특별한 존재로 여겼기 때문이다. 하지만 지금은 안전지대 밖에 사는 천민들이 동물들을 모조리 잡아먹어서 아예 다 사라지고 없었다. 요하난은 메얼린의 손에 들린 날고기를 다시 바라보았다. 설핏 불쾌한 냄새가 풍겼다.

"너, 그거 정말로 먹을 거야?"

요하난이 진저리를 치며 묻자 메얼린이 어이없는 표정을 지었다.

"도대체 무슨 소리를 하는 거야?"

메얼린은 날고기를 울타리 너머로 휙 집어 던졌다. 늑대는 펄쩍 뛰어올라 고기를 낚아채더니 이내 덤불 속으로 사라졌다.

바로 그때 요하난은 누군가의 손이 자신의 어깨를 잡는 걸 느꼈다. 고개를 돌리자 엄마가 마뜩지 않은 눈빛으로 바라보고 있었다.

"잠시만 눈을 떼면 이렇게 엉뚱한 짓을 하니? 네가 이러니까 화장실조차 마음 놓고 다녀올 수가 없잖아. 모르는 아이들하고 어울리면 안 된다고 몇 번을 말했어?"

"네, 알아요."

요하난은 건성으로 대답하며, 엄마와 함께 늑대 우리 반대편에 있는 일행에게로 돌아갔다. 엄마는 다시금 한숨을 내쉬며 잔소리를 퍼부었다.

"요하난, 제발 정신 좀 차리고 기행문부터 마무리해 놔. 태블릿 말고 반드시 종이에다 쓰도록 하고! 알았지?"

엄마는 이렇게 다다다 쏘아붙이고는 살쾡이 우리 앞에 서 있는 아빠에게로 갔다.

요하난은 뚱한 표정으로 배낭에서 종이와 연필을 꺼냈다. 엄마는 늘 꼼꼼하고 깐깐했다. 엄마가 수학자라는 사실이 좋을 때 보다는 짜증날 때가 훨씬 더 많았다. 요하난은 태블릿을 몰래 켜고는 아까 쓰다 만 부분에 커서를 가져다 댔다.

이 시대에는 숲이 아주 많다.

문득 모기도 엄청 많다는 사실이 떠올랐다. 지금도 모기가 윙 소리를 내며 귓가를 날아다녔다. 요하난이 사는 시대에는 모기 같은 곤충이 없다. 숲도 없고, 늑대도 없고, 다른 동물도 없다. 한마디로 야생 동물은 모두 멸종했다. 야생 동물이 보고 싶은 사람들은 과거로 시간 여행을 떠났다. 갑자기 요하난의 입가에 미소가 떠올랐다. 지금 막 떠오른 생각을 글로 옮기면 어른들이 무척 좋아할 것 같았다.

자연을 체험하고 싶으면, 과거로 시간 여행을 떠나야 한다. 그래서 우리 가족도 여기…….

요하난은 주위를 둘러보았다. 사실 요하난은 2020년으로 시간 여행을 왔다는 것만 알 뿐, 오늘이 며칠인지는 정확히 몰랐다. 시간 여행은 세부적인 사항까지 완벽하게 짜여 있어서, 시간 여행 안내자만 따라다니면 날짜를 몰라도 아무 문제가 없었다. 오직 주의해야 할 점은 주변에 사람들이 나타나면 조용히 있어야 한다는 것뿐.

여행 내내 인적이 드문 유적지와 한적한 마을, 소나무 숲 같은 곳만 들렀기에 요하난은 지루하기 짝이 없었다. 시간 여행 안내자의 말대로라면, 숲 속에는 늑대를 비롯한 야생 동물들이 득시글거려야 했다. 하지만 지금까지 본 것이라곤 새와 짐승의 발자국, 늑대가 싸 놓은 배설물 한 무더기가 전부였다. 결국 요하난네 가족은 늑대를 가까이에서 보기 위해 사파리 공원까지 오게 되었다.

요하난은 늑대보다도 사자와 기린, 코끼리가 보고 싶었다. 하지만 그런 동물은 아프리카에 가야 마음껏 볼 수 있었다. 시간 여행은 아쉽게도 자신이 현재 머물고 있는 장소로만 이동이 가능했다. 물론 이 시대 교통편을 이용해 아프리카로 이동하는 방법이 있기는 했다. 문제는 아프리카가 요하난네 가족이 머물고 있는 곳에서 아주아주 멀다는 것이었다.

아빠는 요하난이 아프리카로 가자고 자꾸 조르자 애써 찬찬히 타일렀다.

"과거로 시간 여행을 온 것만으로도 감사해야 해. 그리고 이곳은 우리 조상들이 살던 곳이니까 더 관심을 가지고 꼼꼼히 살펴봐야지."

요하난은 아빠 말에 동의하고 싶은 마음이 눈곱만큼도 없었다. 지금 사는 곳이 몇 백 년 전에 어떤 모습이었는지 조금도 궁금하지 않았다. 어차피 다 망가져 버렸는데……. 하지만 역사학자인 아빠는 달랐다. 과거에 홀딱 빠져 있었다. 요하난은 아프리카에 가는 걸 포기할 수밖에 없었다. 그렇다면 바닷가에라도 가 보고 싶다고 고집을 부렸다.

요하난은 시간 여행 안내자에게서 받은 유럽 지도를 머릿속에 떠올려 보았다. 기억이 정확하다면, 멀지 않은 곳에 바다가 있었다. 맨발로 바닷가를 거닐며 조개껍질을 줍고, 파란 하늘 아래 펼쳐진 바다에 들어가 해수욕을 즐기고 싶었다. 이런 일들은 요하난이 사는 시대에서는 생각조차 할 수 없었다. 바닷가로 나들이를 가는 것은 고사하고, 도시 밖으로 나가는 일조차 완전히 금지되어 있었다.

그때 어디선가 발자국 소리가 들렸다. 고개를 들어 보니, 중년 아저씨가 늑대 우리를 따라 요하난이 있는 쪽으로 다가오고 있었다. 얼굴에 턱수염이 덥수룩하게 난 데다, 까만 선글라스를 끼고 있어서 눈이 전혀 보이지 않았다.

요하난은 태블릿을 얼른 배낭에 집어넣었다. 사람들의 관심을 끌지 않도록 조심해야 했다. 괜히 걱정거리를 만들었다간 어렵사리 허락받은 바닷가 여행이 취소될지도 몰랐다.

아저씨는 딱히 늑대에 관심이 있는 것처럼 보이지는 않았다. 요하난을 힐끔 쳐다보고는, 이내 고개를 돌려서 안내판을 읽고 있는 엄마와 아빠를 살폈다. 순간, 아저씨의 안경 한쪽 귀퉁이에서 빨간 빛이 번쩍거렸다. 이윽고 아저씨는 출구 쪽으로 어슬렁어슬렁 걸어가기 시작했다.

잠시 후, 시간 여행 안내자가 일행에서 떨어져 나와 그 아저씨를 뒤쫓아 갔다. 요하난은 왠지 불안한 마음이 들어서 엄마 아빠를 쳐다보았다. 아마도 조금 있으면 엄마나 아빠가 요하난에게 급히 손짓을 할 것이고, 그러고 나면 쫓기듯 서둘러 여기를 떠날 터였다. 그런 일은 이미 여러 차례 반복되었다.

아니나 다를까, 엄마가 요하난에게로 걸어왔다. 요하난은 속으로 바닷가 여행만큼은 제발 취소되지 않기를 빌었다.

곧 요하난은 가족과 함께 공원 밖 주차장으로 가서 소형 캠핑 버스에 올라탔다. 캠핑 버스는 이내 출발했다. 오늘도 인적이 거의 없는 야외에서 밤을 보낼 게 분명했다.

다음 날, 요하난은 아침 식사를 마치자마자 가족과 함께 바닷가로 출발했다. 차창을 스치는 노란색 도로 표지판에서 '체혜린 10km'라 적힌 글이 보였다. 차창 밖에는 나지막한 언덕조차 없는 평야가 끝없이 펼쳐졌다.

"곧 우제돔 섬에 도착할 거야."

아빠가 요하난에게 우제돔에 대해 설명했다.

"천오백 년 전에 이곳은 빙하 지대 끝자락이었어. 지금도 여기저기에서 거대한 바윗덩어리들을 볼 수 있을걸."

"여보, 앞으로 얼마나 더 가야 해요?"

엄마가 물었다.

"한 삼십 분쯤 더 가면 될 거요."

아빠는 대답을 하고는 설명을 이어 나갔다.

"예전에는 이 근처에 철교가 있었지. 저기다! 오른쪽을 봐!"

엄청 큰 철제 아치가 눈부신 햇살을 뒤로한 채 강 한가운데에 우뚝 서 있었다.

옆에서 듣던 작은아빠가 갑자기 우스갯소리를 했다.

"저 철제 아치를 시간의 문으로 사용하기는 힘들겠지? 저 문으로 들어가려면 옷이고 신발이고 다 젖을 테니까."

이번에는 작은엄마가 끼어들었다.

"그런데 시간의 문은 어디 있어요? 내일 집으로 돌아가려면 알아 둬야 하는 거 아닌가?"

그때 운전석에 앉아 있던 시간 여행 안내자가 말했다.

"여기서 남쪽으로 십 킬로미터쯤 떨어진 곳에 있어요. 숲 속에 거의 다 무너지다시피 한 교회 터가 있거든요."

요하난이 지금 무슨 소리를 하는 거냐는 듯 두 눈을 부릅뜨자,

시간 여행 안내지가 설핏 미소를 지으며 안심시켰다.

"지금 바닷가로 가고 있으니까 걱정 말아요. 요즘도 휴가 오는 사람들이 간간이 있으니까 모두들 조심하고요."

캠핑 버스는 곧 목적지에 도착했다. 요하난은 버스에서 내리자마자 울창한 숲을 지나 바닷가까지 쉬지 않고 달려갔다. 잠시 뒤, 가쁜 숨을 몰아쉬며 바닷가에 우뚝 멈춰 섰다. 눈앞에 검푸른 바다가 저 멀리 아득한 수평선까지 쭉 펼쳐져 있었다. 시원하게 불어오는 바람에 바다 냄새가 가득 담겨 있었다. 모래사장에는 반질반질한 몽돌과 갖가지 모양의 조가비가 지천으로 널려 있었다. 요하난은 얼른 신발을 벗어 들었다.

"너무 멀리 가면 안 된다! 참, 목걸이 걸고 있지?"

어느새 요하난 곁으로 다가온 엄마가 모래사장에 누우며 주의를 주었다.

"당연하죠!"

요하난은 금목걸이에 매달린 천사 펜던트를 살며시 만져 보았다.

"저기 보이는 데까지만 갔다 올게요. 그리고 바닷물에 들어가도 되지요?"

"수영은 나중에 해!"

엄마가 짧게 대답했다.

어느새 아빠가 엄마 옆에 다가와 엎드려 있었다. 엄마는 곧 두 눈을 감으며 일광욕을 즐길 채비를 했다.

요하난은 텅 빈 바닷가를 맨발로 유유히 걸어 다녔다. 눈부신 햇살이 얼굴을 간질였고, 시원한 바람이 기운을 북돋아 주었다. 그러다 가파른 비탈 앞에 이르렀다. 비탈 위쪽으로는 나무가 빼곡히 서 있었다. 요하난은 비탈길을 조금 올라가다가, 엄마 아빠가 있는 쪽을 뒤돌아보았다. 모래사장에 누워 한가로이 쉬고 있었다. 시간은 충분해 보였다.

요하난은 비탈길을 더 올라가다가 커다란 나무가 쓰러져 있는 걸 발견했다. 해골처럼 앙상하게 말라 비틀어진 나무가 가로로 길게 누워 있었다. 무엇보다 야영을 하기에 딱 좋아 보였다.

그때 멀지 않은 곳에서 아이들 목소리가 들려왔다.

"아직도 멀었어?"

"난 바닷물에 뛰어 들어갈 거야!"

"나도!"

요하난은 불안해하면서도 호기심이 배인 눈길로 달려오는 아이들을 바라보았다.

"어, 우리 어제 만난 적 있지? 그런데 넌 여기서 뭐 하고 있는 거야?"

메얼린이 요하난에게 다가오며 물었다.

"여행 왔어. 너는?"

요하난이 옅게 미소를 지으며 대답했다.

"나도 그런 셈이야."

메얼린은 괜스레 싱글거리며 덧붙였다.

"우리 엄마 아빠는 휴가도 없이 일만 해. 방과 후 학교 방학 프로그램에 체험 학습이 있어서……. 모레까지야."

"나는 내일까지인데. 그럼, 저 아이들은 학교 친구들이야?"

요하난은 우르르 몰려다니는 아이들을 신기하게 바라보며 물었다. 머리색도 피부색도 다 다른 아이들이 한껏 신이 난 표정으로 바닷물에 풍덩풍덩 뛰어들었다.

"응! 너도 우리랑 같이 물놀이할래?"

요하난은 선뜻 대답을 하지 못하고 머뭇거렸다. 수영은 나중에 하라던 엄마의 말이 귓가에서 맴돌았다. 하지만 곧 '뭐 어때?' 하는 생각이 들었다. 보나 마나 엄마는 불같이 화를 낼 게 뻔하지만.

"좋아!"

요하난은 겉옷을 벗어 던지며 대답했다. 다행히 바지 안에 수영복을 입고 있었다. 요하난은 다른 아이들을 따라 물속으로 들어섰다. 파도가 두 발을 간질이며 자꾸자꾸 물속으로 잡아당겼다. 뒤쪽을 힐끗 돌아보고는 메얼린을 따라 부서지는 파도 속으로 걸어 들어갔다.

저 멀리에서 높이 솟은 물마루가 반짝반짝 빛났다. 모래톱을 건너자, 물이 차가워지면서 더 깊어졌다. 아이들이 물장구를 치는 쪽으로 조금 더 가자, 바닥이 다시금 얕아지면서 평평해졌다. 그제야 마음이 놓였다. 요하난은 수영을 할 줄 모르는 데다, 지금 입고 있는 수영복에는 자외선 차단 기능만 있을 뿐 부력 장치가 없었다.

그때 문득 수영복 상의에 센서가 달려 있다는 사실을 떠올렸다. 그 센서는 체온을 비롯해 신체 관련 데이터를 측정해 부모에게 알려 주었다. 그렇다면 엄마는 곧 요하난이 바닷물 속에 들어간 사실을 알게 될 터였다.

"요하난! 요하난!"

요하난을 찾는 엄마 목소리가 예상보다 빨리 들렸다. 요하난은 주위를 둘러보았다. 엄마가 저 멀리 모래사장에서 자신을 소리쳐 부르고 있었다. 요하난은 일부러 못 들은 척했다. 적어도 한 번은 바닷물에 몸을 담근 채 실컷 놀고 싶었다.

요하난은 다른 아이들이 파도를 타며 신나게 놀고 있는 곳으로 나아갔다. 그런데 갑자기 단단한 바닥이 사라지면서 물속으로 푹 가라앉고 말았다. 그 바람에 바닷물을 꿀꺽 삼켰다. 깜짝 놀란 나머지 손발을 마구 휘저으며 어떻게든 두 발로 서 보려고 애썼다. 그때 거대한 파도가 머리 위를 훅 덮쳤다. 짜디짠 바닷물 때문에 눈이 따갑고 목이 화끈거렸다.

뒤이어, 요하난은 엄청난 공포에 사로잡혔다. 누군가가 요하난의 머리카락을 잡고 힘껏 잡아당겼다. 그제야 두 발이 바닥에 닿았다. 요하난은 연방 기침을 하면서 소금물을 토해 냈다.

"이 바보야! 수영을 못 하면 그렇다고 말을 했어야지!"

메얼린이 요하난을 바라보며 소리를 질러 댔다.

"물이 그리 깊은 줄 몰랐어."

요하난은 콜록거리면서 가까스로 대꾸했다. 마음 같아서는 엉엉 소리 내 울고 싶었다. 하지만 차마 그럴 수가 없었다. 저 멀리서 엄마와 아빠가 헐레벌떡 달려오는 게 보였다.

"이런, 젠장!"

요하난은 짜증이 훅 치밀어 올랐다. 메얼린이 손바닥을 펴서 장난으로 요하난에게 바닷물을 튀겼다.

"바보야! 너 때문에 큰일 나는 줄 알고 깜짝 놀랐잖아!"

"미안!"

요하난이 기어 들어가는 목소리로 대답했다. 밀려오는 파도를 폴짝 뛰어서 피한 뒤, 두 손으로 얼굴에 묻은 바닷물을 털어 냈다. 요하난은 불안한 눈길로 해안을 바라보며 메얼린에게 물었다.

"저기까지는 또 어떻게 가지?"

"왜? 벌써 나가려고?"

메얼린이 의아한 표정으로 물었다.

"응, 저기 엄마 아빠가……."

메얼린은 모래사장 쪽을 바라보더니 알겠다는 듯 어깨를 으쓱했다.

"걱정 마. 내가 도와줄게."

요하난은 메얼린의 손을 붙잡고 수심이 깊은 곳을 겨우 건넜다. 메얼린은 요하난이 안전한 곳으로 들어서는 것을 확인한 뒤, 멋진 동작으로 물속에 쏙 들어가 버렸다. 잠시 후, 물 위로 얼굴을 내밀더니 손을 흔들며 소리쳤다.

"바보야, 잘 가!"

"그래, 고마워! 또 보자!"

요하난도 메얼린을 향해 손을 흔들었다. 그런 다음, 엄마 아빠를 향해 터덜터덜 걸어갔다.

그 후로는 예상대로 재미없는 시간이 흘러갔다. 요하난은 담당 교육자에게 제출할 기행문을 쓰기도 하고, 얕은 물에 들어가 얼마간 시간을 보내기도 했다. 그리고 레이저 칼을 꺼내 가지고 놀다가 아빠에게 들켜서 황급히 숨기기도 했다.

그러다 오후가 되자, 시간 여행 안내자가 왔다 갔다 하면서 몹시 불안한 기색을 보였다. 그러더니 시간 여행 안내자가 다급한 목소리로 말했다.

"지금 당장 출발해야 합니다."

작은아빠가 가까이 다가오며 물었다.

"무슨 일인데요?"

"사파리 공원에서 봤던 남자가 다시 나타났습니다. 우리를 뒤쫓고 있는 것 같아요."

요하난이 엄마의 소매를 잡아당기며 물었다.

"누가 우리를 뒤쫓고 있다는 건데요?"

"엄마도 몰라. 어쨌거나 서두르자. 가능한 한 빨리 이곳을 떠나야 하니까."

엄마는 늘어놓았던 물건들을 재빨리 챙기기 시작했다.

시간 여행 안내자가 말했다.

"일정을 조금 앞당겨 오늘 밤에 집으로 돌아갈 겁니다. 시간의 문은 오늘 밤 12시에 열릴 거예요."

"말도 안 돼요! 계산은 이미……."

엄마 말이 채 끝나기도 전에 시간 여행 안내자가 대꾸했다.

"여행을 떠나기 전에 이미 일정을 변경했습니다. 안전을 위해서입니다. 최근 들어 시간 여행자들이 감시받는 일이 잦아졌어요. 절대로 우리의 정체가 탄로나서는 안 됩니다."

요하난은 누가 시간 여행자들을 감시하고 있는지, 또 시간 여행자의 정체가 드러나면 어떤 일이 벌어지는지 궁금했다. 하지만 아무 말도 하지 않았다. 어차피 어른들은 대답을 해 주지 않을 게 뻔했다. 요하난은 어른들이 말하는 사람이 누구인지 대충 짐작이 갔다. 어제 사파리 공원에서 잠깐 보았던, 까만 선글라스를 쓴 아저씨가 분명했다.

캠핑 버스를 타기 위해 주차장으로 가는 길에서는 딱히 이상

한 점이 눈에 띄지 않았다. 하지만 캠핑 버스를 타고 해변 도로로 빠져나오자마자 누군가 쫓아온다는 사실을 금세 눈치챘다. 뒤따라오는 검은색 자동차를 맨 먼저 발견한 사람은 뒷좌석에 앉은 요하난이었다.

"좀 더 빨리 달려요!"

작은아빠가 재촉했다. 시간 여행 안내자는 아무 대꾸도 하지 않았다. 전자 엔진 소리만이 더 크게 윙윙거렸다.

"저기 좀 봐요!"

아빠가 계기판을 가리키며 소리쳤다. 내비게이션 화면에 다음 교차로가 봉쇄되어 있다는 표시가 나타났다. 또 다른 검은색 자동차가 길 한가운데를 떡하니 가로막고 있었다. 캠핑 버스 안에 탄 사람들은 소스라치게 놀랐다. 긴장감이 감도는 가운데, 사람들은 저마다 한마디씩 쏟아내기 시작했다.

"이제 어떡하지요?"

"왼쪽으로 꺾어요!"

"오른쪽으로!"

"유턴하라고요!"

요하난은 바짝 긴장한 얼굴로 뒤쪽을 바라보았다. 캠핑 버스가 막 모퉁이를 돌고 난 뒤여서, 추적자들은 아직 보이지 않았다. 시간 여행 안내자가 갑자기 핸들을 꺾었다. 캠핑 버스는 좌우로 흔들리며 소나무 사이로 나 있는 모랫길로 들어섰다. 뿌연 모래 먼지를 일으키며 한 번 더 크게 모퉁이를 돌았다. 캠핑 버스는 곧 소나무 숲에서 빠져나와, 울퉁불퉁한 돌길을 미친 듯이 달려갔다.

요하난은 내비게이션 시스템인 갈릴레오를 멍하니 바라보았다. 갈릴레오가 새로운 길을 찾아내 알려 주기까지 시간이 무척 더디게 흘렀다.

그때 갑자기 나무 울타리가 나타났다. 캠핑 버스는 속도를 줄이지 않은 채 그대로 돌진했다. 곧이어 우장창 소리를 내며 박살 난 나뭇조각이 사방으로 튀어 올랐다. 오른편으로 농가가 스쳐지나갔다. 요하난은 꽃무늬가 그려진 커튼 사이로 캠핑 버스를 넋이 나간 듯 바라보고 있는 얼굴을 언뜻 보았다. 닭들이 천지사방으로 날아올랐고, 개가 미친 듯이 짖어 대며 버스를 따라왔다. 캠핑 버스는 농가 입구를 지나 다시 해안 도로 쪽으로 달려갔다.

그러고는 급하게 모퉁이를 돌아 아스팔트로 들어섰다. 요하난은 저도 모르게 한 손으로 코를 가볍게 문질렀다. 손에 피가 묻어 있었다. 코피가 터진 것이었다.

시간 여행 안내자가 쓴웃음을 지으며 말했다.

"일단은 추적자들을 따돌린 것 같네요. 물론 우리는 여전히 그들의 감시망 안에 있을 거예요. 하지만 붙잡히지만 않는다면, 그리 걱정할 일은 아닙니다. 우리가 어디로 가는지 그들은 모를 테니까요. 일단 내륙 지대로만 들어서면 투명 위장 시스템을 가동

할 수 있습니다. 그러면 캠핑 버스가 그들의 눈에 보이지 않게
됩니다."

"하지만 다리가 걱정이네요."

아빠가 심각한 표정으로 말했다.

"다리요?"

작은엄마가 되묻자, 시간 여행 안내자가 설명했다.

"잠시 후 체헤린에 들어서면 개폐교를 건너야 합니다. 그 다리
는 정확히 8시 30분에, 아래로 지나가는 배를 위해 위로 올려집
니다. 추적자들도 이걸 분명 알고 있을 겁니다. 추적자들이 따라
붙기 전에 그 다리를 통과해야 합니다."

요하난은 빛에 민감하게 반응하도록 설계된 팔뚝의 문신을
들여다보았다. 마이크로칩 색소가 밝게 빛나며 시간을 보여 주
었다. 7시 50분이었다. 앞으로 사십 분이 남아 있었다. 작은 마을
을 지나자 탁 트인 길 양쪽으로 바다가 출렁거렸다.

"이제 곧 개폐교에 도착할 겁니다."

시간 여행 안내자가 버튼을 눌렀다. 곧 캠핑 버스의 유리색이

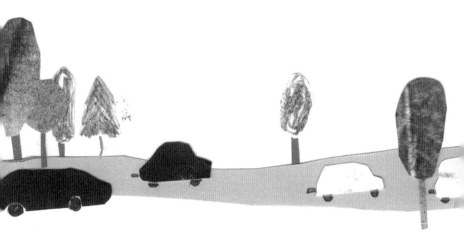

짙어지며 햇빛을 차단했다. 추저자들의 모습은 아직 보이지 않았다. 이윽고 캠핑 버스가 다리 앞에 멈춰 섰다. 그 앞에는 자동차들이 길게 늘어서서 신호가 바뀌기를 기다리고 있었다. 요하난의 문신 시계는 8시 29분을 가리켰다.

"아무래도 빠듯하겠어요."

시간 여행 안내자가 초조한 기색으로 말하자, 작은엄마가 떨리는 목소리로 중얼거렸다.

"이 섬에 오지 말 걸 그랬나 봐요. 잘못하다간 꼼짝없이 붙잡히겠어요."

아무도 그 말에 대꾸하지 않았다. 요하난은 어른들이 바닷가에 가자고 조른 자신을 탓하고 있다고 느꼈다. 가슴을 졸이며 앞쪽을 바라보았다. 신호등은 어느새 초록불로 바뀌었고, 길게 늘어선 자동차들은 굼벵이처럼 천천히 앞으로 나아갔다. 요하난 가족이 탄 캠핑 버스도 다리 쪽으로 조금씩 나아갔다. 그러다 딱 한 대만이 캠핑 버스 앞에 서 있게 되었다. 하필이면 그때 신호등이 빨간불로 바뀌었다. 바로 앞에 가던 자동차가 우뚝 멈춰 섰다.

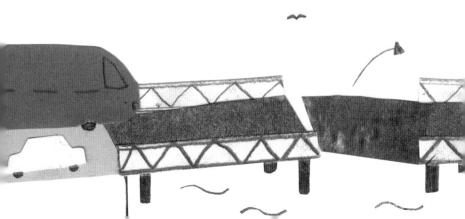

캠핑 버스에 탄 사람들의 입에서 일제히 아쉬움의 탄성이 흘러나왔다. 요하난은 뒤쪽을 조심스레 살펴보았다. 갈림길에서 검정색 자동차가 튀어나오더니 도로로 들어서는 것이 보였다.

시간 여행 안내자도 그걸 보았는지, 급하게 핸들을 꺾으며 가속 페달을 밟았다. 캠핑 버스는 날카로운 소리를 내며 앞에 서 있는 자동차와 빨간색 신호등을 지나 다리로 내달렸다. 다리 입구 초소에서 경비원이 뛰어나와 손을 흔들며 캠핑 버스를 세우려고 했다. 하지만 캠핑 버스가 멈출 기미를 보이지 않자, 경비원은 길 한쪽으로 몸을 피했다. 전속력으로 달려간 캠핑 버스는 다리의 중간 부분이 서서히 올라가려는 순간에 가까스로 다리 위로 들어섰다. 그 바람에 아슬아슬하게 갈라진 다리 위로 붕 떠올랐다가 건너편 다리에 무사히 내려앉았다.

요하난은 얼른 뒤쪽을 바라보았다. 잔뜩 화가 나 식식거리는 경비원 옆에 남자 몇 명이 서 있었다. 그중 한 사람은 검은 선글라스를 끼고 있었다.

두 시간쯤 뒤에 요하난 가족 일행은 목표 지점에 거의 닿아 가고 있었다. 땅거미가 져 어둑어둑한 하늘에는 짙은 구름이 끼어 있었다. 캠핑 버스는 광활한 소나무 숲을 가로질러 갔다. 소나무 숲 한가운데에는 담장이 길게 뻗어 있었고, 담장에 그려진 군인 그림은 색이 온통 바래 있었다. 담장 뒤 나무 사이로 건물이 언뜻언뜻 보였다.

"저기가 바로 노이티멘입니다. 냉전 시대 때 소련의 군사 기지로 쓰이던 건물이에요."

시간 여행 안내자가 유적지에 대해 설명했지만 아무도 대꾸하지 않았다. 과거 시대에 대해 일장 연설을 늘어놓을 수 있는 기회를 절대 놓치지 않는 아빠조차도 입을 꾹 다물고 있었다. 어느새 창밖은 어둑어둑해졌고, 캠핑 버스는 제법 큰길을 달려갔다.

"저기 좀 보세요!"

작은엄마가 흥분해 소리쳤다. 버스 뒤쪽에서 자동차의 헤드라이트가 비치고 있었다. 시간 여행 안내자는 급히 버스의 속도를 높였다. 하지만 곧 버스를 세워야만 했다. 백 미터쯤 앞에서 어스름한 빛 속에서 깜박거리는 경고등을 보았기 때문이다.

주의하세요. 전방에 도로가 차단되어 있습니다.

갈릴레오가 알려 주었다.

"이런!"

아빠 입에서 절로 탄식이 새어 나왔다.

캠핑 버스는 서서히 바리케이드 쪽으로 다가갔다. 경찰차와 경찰들이 보였다. 경찰들은 자동차를 차례로 세운 뒤 트렁크를 열게 하고는 내부를 샅샅이 검사했다.

"아무래도 시간의 문까지 걸어서 가야 할 것 같습니다."

시간 여행 안내자는 캠핑 버스를 숲길 안쪽의 풀숲에 세우고는 엔진을 껐다. 그때 검은색 자동차가 검문소 쪽으로 미친 듯이 달려가는 게 보였다. 요하난을 비롯해 캠핑 버스에 탄 사람들은 숨조차 제대로 쉬지 못할 만큼 긴장했다. 캠핑 버스에서 서둘러 내린 뒤 숲 속으로 들어갔다.

소나무 숲 안은 깜깜했다. 시간 여행 안내자가 캠핑 버스에서 가져온 갈릴레오의 안내를 받으며 나뭇가지로 뒤덮인 숲길을 걸어갔다. 갈릴레오의 화면이 도깨비불처럼 깜박거렸다.

"밤 12시까지 삼십 분밖에 남지 않았네요."

아빠가 숨 죽여 말하자, 시간 여행 안내자가 나직이 대꾸했다.

"거의 다 왔습니다. 그 안에 충분히 도착할 수 있습니다."

"12시 전에 솜니아베로를 마시고 잠이 들어야 하는 거죠?"

작은엄마가 걱정스러운 목소리로 물었다.

요하난은 갑자기 걸음을 멈추었다. 시간의 문을 통과하기 위해서는 잠이 들어 꿈의 단계에 들어가 있어야 했다. 그러기 위해서는 반드시 수면 유도제인 솜니아베로를 마셔야 했다. 그래서 시간 여행자들은 솜니아베로를 한 병씩 갖고 있었다. 요하난도 자기 몫의 솜니아베로를 배낭에 넣어 두었다.

'어! 배낭이 어디 있지?'

순간, 요하난은 등골이 오싹해졌다.

"무슨 일이니? 코피가 또 나는 거야?"

엄마가 요하난의 손을 꼭 쥐며 물었다.

"어서들 오세요! 서둘러야 해요!"

앞서 가던 작은아빠가 엄마와 요하난을 향해 소리쳤다.

"제 배낭이요. 배낭을…….."

요하난은 선뜻 대답을 못 하고 더듬거렸다.

"솜니아베로가 들어 있는 배낭을 버스에 두고 왔어요."

순간, 사람들은 너무 놀라 아무 말도 하지 못했다. 마침내 아빠 입에서 불호령이 떨어졌다.

"뭐라고? 어떻게 이런 말도 안 되는 일이……. 아빠가 수없이 말했잖아! 솜니아베로는 항상 몸에 지니고 있어야 한다고!"

요하난의 눈에서 눈물이 주르륵 흘러내렸다.

"솜니아베로를 배낭에 넣은 뒤 늘 어깨에 메고 다녔어요. 그런데 아까 코피가 나는 바람에 배낭을 잠시 벗어 놓았는데……."

엄마 입에서 신음 소리가 새어 나왔다.

"세상에! 그나저나 이제 어떡하면 좋지?"

시간 여행 안내자가 화가 난 듯한 목소리로 단호하게 말했다.

"내가 버스로 돌아가 배낭을 가져오겠습니다. 그러니 여러분은 계속 가세요. 이 길을 쭉 따라가다 보면 갈림길이 나올 겁니다. 그럼, 왼쪽 길로 들어서세요. 그렇게 삼백 미터쯤 더 가면 오른쪽에 돌로 만든 아치문이 보일 겁니다. 그게 바로 시간의 문입니다. 자, 혹시 모르니 갈릴레오도 갖고 가세요. 내가 돌아오기 전이라도 시간의 문이 빛을 내면, 지체하지 말고 그 안으로 들어가셔야 합니다. 나를 기다리지 마시고요. 아시겠죠?"

뒤로 돌아 뛰어가던 시간 여행 안내자가 어깨 너머로 다시 한번 당부했다.

"그들에게 절대로 붙잡혀서는 안 됩니다! 혹시라도 일이 잘못되는 경우엔 내가 책임지고 요하난을 돌보겠습니다. 만일의 경우를 대비해 가짜 신분증도 준비해 놓았어요. 그러니 걱정하지 않으셔도 됩니다."

시간 여행 안내자는 손전등을 켜고 곧 어둠 속으로 사라졌다.

요하난 가족 일행은 아무 말 없이 돌아서서 앞으로 계속 나아갔다. 숲길은 갈릴레오의 화면에서 뿜어져 나오는 불빛을 받아 초록색으로 희미하게 빛났다. 바스락거리는 발자국 소리와 불규칙적인 숨소리만이 무거운 정적을 뚫고 간간이 들려왔다. 요하난은 시간 여행 안내자가 어서 빨리 자신의 배낭을 갖고 돌아오기만을 빌고 또 빌었다.

얼마 후 요하난 가족 일행은 갈림길에 이르러 왼쪽 길로 접어들었다. 그사이 숲 속은 칠흑처럼 깜깜해져 버렸다. 일행은 혹시라도 아치문을 보지 못하고 지나칠까 봐 걸음의 속도를 조금 늦추었다. 아빠가 갈릴레이로 숲 속을 비추었다. 엄마는 혹시라도 깜박거리는 손전등 불빛이 보일까 싶어서 연신 뒤를 돌아다보았다. 얼마 뒤, 오른쪽으로 오솔길과 안내판이 보였다. 모두 제

자리에 멈춰 섰다.

아빠가 입을 열었다.

"이제 이 오솔길로 접어들기만 하면 도착인가 봐요."

요하난은 무슨 소리라도 들리는지 가만히 귀를 기울였다. 저 멀리에서 늑대 우는 소리가 들려왔다.

"시간 여행 안내자가 제때 돌아오지 못한다면 어쩌죠? 요하난만 여기에 놔두고 갈 수는 없어요."

엄마가 안절부절못하며 말했다. 요하난은 엄마의 손을 꼭 붙잡았다.

"걱정 말아요. 이제 곧 돌아올 테니까."

아빠가 엄마를 안심시켰다. 하지만 그렇게 말하는 아빠의 목소리도 불안감에 떨리고 있었다.

"벌써 12시 5분 전이에요."

작은아빠가 나지막이 속삭였다.

"일단은 계속 가 보자고요. 자칫하다간 도착하기도 전에 시간의 문이 도로 닫히겠어요."

작은아빠가 앞장서서 깜깜한 오솔길로 들어섰다. 다른 사람들도 말없이 그 뒤를 따라갔다. 얼마 후, 오른쪽으로 희미하게 우뚝 솟아 있는 무언가가 보였다. 아빠가 갈릴레오를 높이 치켜들었다. 그러자 막돌로 쌓아 올린 아치문이 눈에 들어왔다.

"저게 시간의 문인가요?"

작은엄마가 믿지 못하겠다는 듯 물었다.

"그런 것 같은데요."

아빠가 대답하며 시계를 들여다봤다.

"이 분가량 남았네. 이제 어떻게 하지?"

"우리는 무슨 일이 있어도 집으로 돌아갈 거예요. 우리가 여기 남아 있는다 해도 도움이 될 게 없으니까요."

작은아빠가 단호하게 말하며 아치문 쪽으로 먼저 다가섰다.

"우리가 한꺼번에 모두 저 안에 들어갈 수 있으려나?"

작은아빠가 작은 아치문을 바라보며 중얼거렸다.

"그래요, 두 분 먼저 가세요. 그리고 당신도. 나는 요하난하고 여기서 기다리고 있을게요."

엄마가 떨리는 목소리로 아빠를 바라보며 말했다.

"말도 안 되는 소리 하지 말아요!"

아빠가 버럭 소리를 지르며 요하난의 손을 꼭 잡았다.

"가면 다 같이 가는 거고, 아니면 아무도 안 가는 거지! 하지만 만일의 경우에 대비해 솜니아베로는 꺼내 놓자고."

아빠는 갈릴레오를 풀숲에 내려놓고 가방 속을 뒤적거렸다.

"잠깐만요! 무슨 소리 안 들려요?"

엄마가 갑자기 물었다. 요하난은 가만히 귀 기울여 보았다. 그리 멀지 않은 곳에서 격앙된 목소리가 들려왔다. 개 짖는 소리도 들렸다. 엄마와 아빠는 서로를 바라보았다. 둘 다 얼굴이 하얗게 질려 있었다.

"서둘러!"

아빠가 작은아빠 부부에게 나직이 소리쳤다. 요하난은 엄마 아빠와 함께 한쪽 옆으로 비켜서서, 작은아빠와 작은엄마가 아치문 아래로 기어 들어가 바닥에 납작 엎드리는 모습을 지켜보았다. 아치 모양을 이룬 돌들이 빛나기 시작했다. 처음에는 희미하기만 했던 빛이 점점 더 밝아졌다.

"행운을 빌게요!"

작은엄마와 작은아빠가 다급한 목소리로 말하고는 솜니아베로를 마셨다. 곧 두 사람은 고개를 떨군 채 잠이 들었다. 몇 초 후, 환한 빛이 두 사람의 몸을 비추었다. 요하난은 시간의 문이 점점 더 환하게 빛나는 것을 바라보았다. 그 빛 아래서 작은아빠와 작은엄마의 몸이 차츰 희미해지더니 마침내 흔적도 없이 사라졌다.

바로 그때 오솔길 저편에서 급하게 다가오는 발자국 소리가 들렸다. 손전등 불빛이 숲 여기저기를 빠르게 훑었다. 엄마가 다급히 속삭였다.

"더 이상 기다리고 있을 순 없겠어요. 여보, 이리 와요! 요하난, 너도! 엄마에게 좋은 생각이 떠올랐어."

엄마가 요하난을 시간의 문 아래로 밀어 넣고는 바지 주머니에서 솜니아베로를 꺼냈다.

"요하난이랑 솜니아베로를 나눠 마시려고요. 생각해 보니까 그렇게 해도 될 거 같아요. 이곳으로 시간 여행을 오기 전보다 내 몸무게가 많이 줄었거든요."

아빠가 엄마를 바라보며 물었다.

"그게 가능할까? 차라리 내 것과 당신 것을 합쳐서 셋으로 나누는 게 낫지 않을까요?"

엄마가 고개를 저으며 단호하게 말했다.

"아니에요! 만약에 내 생각대로 되지 않는다면, 당신이 이곳으로 다시 돌아와서 우리를 데려가면 되잖아요. 자, 서둘러요. 이러다가 시간의 문이 다시 닫혀 버리겠어요."

세 사람은 좁은 아치문 아래에 나란히 누운 뒤 솜니아베로를 마셨다. 요하난은 낯설지 않은 피로감이 몰려오는 걸 느꼈다. 머리 위에서는 시간의 문이 환하게 빛을 발하고 있었다. 그리고 어렴풋이 발자국 소리와 누군가를 부르는 다급한 소리를 들었다. 시커먼 그림자가 요하난에게로 다가왔다. 그러고는 아무것도 느끼지 못했다.

요하난은 잠에서 깨어났다. 어두운 숲 속에 혼자 누워 있는 걸 깨닫고는 엄마를 불러 보았다.

"엄마?"

아무 대답이 없었다. 머리 위로는 어둠 속에 희미하게 형체를 드리운 아치문만이 높이 솟아 있을 뿐이었다. 요하난은 자신에게 무슨 일이 일어난 건지 기억해 내려고 애썼다. 원래 계획대로라면 지금쯤 집으로 돌아가 있어야 했다. 아무래도 엄마와 나눠 마신 솜니아베로의 양이 너무 적었던 것 같았다.

요하난은 자리에서 일어나 앉아 돌벽에 몸을 기댔다. 바람에 나뭇잎이 살랑거리는 소리와 나뭇가지가 서로 부딪는 소리가 들려왔다. 아주 멀리에서 늑대 울음소리가 들려왔다. 요하난은 등줄기에 소름이 쭉 돋았다. 한밤중에 숲 한가운데에서 듣는 늑대 울음소리는 섬뜩할 만큼 무서웠다.

'이제 어떡하면 좋지?'

요하난은 생각에 잠겼다. 배에서 꼬르륵거리는 소리가 났다.

마지막으로 음식을 먹은 게 언제였더라? 간단하게 요기할 걸 구할 수 있을까? 가족들은 무사히 집으로 돌아갔을까? 두려움과 배고픔이 급격히 몰려왔다. 요하난은 두 무릎 사이에 얼굴을 묻고는 나지막이 흐느꼈다.

얼마나 지났을까? 요하난은 울음을 멈추고, 고개를 들어 어두운 밤하늘을 올려다보았다. 나무 사이로 밤하늘에 별들이 떠 있는 게 보였다. 그 광경은 몹시 낯설었지만 무언지 모르게 위안이 되었다. 엄마와 아빠가 자신을 구하러 돌아올 터였다. 어쩌면 시간 여행 안내자가 불쑥 나타날지도 몰랐다. 하지만 문제는 그게 언제 어디서냐는 것이었다.

요하난은 가만히 기다렸다. 한참이 지나도 보고 싶은 사람은 나타나지 않았다. 대신 모기들만 윙윙거리며 주위를 날아다녔다. 어느 순간 밤하늘에 떠 있던 별들마저 사라지고 비가 내렸다. 요하난은 아치문 밑으로 들어가 비를 피했다.

아침이 희미하게 밝아 오고 있었다. 요하난은 다시 한 번 홀로 남겨졌다는 사실을 뼈저리게 느꼈다. 무의식적으로 손을 들어 목에 걸고 있던 천사 목걸이를 어루만졌다. 그 순간 입에서 저도 모르게 탄성이 터져 나왔다.

"맞다! 천사 목걸이!"

요하난은 얼른 목걸이를 풀어 손에 쥐었다.

"비상시 계획이 이 안에 들어 있다고 했잖아! 이런, 바보 멍청이! 왜 진즉에 그 생각을 못 했을까?"

엄마 아빠가 입버릇처럼 말해 주던 게 떠올랐다.

'과거로 시간 여행을 갔다가 혹시라도 길을 잃게 되면 네 목걸이를 열어 보렴. 그 안에 들어 있는 천사가 비상 상황에서 네가 어찌해야 할지를 알려 줄 거야.'

요하난은 금으로 만든 작은 목걸이를 자세히 들여다보았다. 조심스레 펜던트에 달린 비밀 단추를 눌렀다. 그러자 펜던트에서 희미한 빛이 퍼져 나오며 천사의 두 날개가 활짝 펴졌다. 공중에 아주 자그마한 천사의 홀로그램이 생겨나더니 메시지를 전했다.

돌아오는 일요일 밤 12시, 브란덴부르크 문에서 시간의 문이 열립니다. 그곳으로 가서 기다리세요. 우리가 필요한 것들을 챙겨서 당신을 구하러 갈 겁니다. 약속 시간에 늦지 않도록 조심하세요.

그리고 여섯 개의 기둥이 서 있는 거대한 문이 나타났다. 문

꼭대기에는 네 마리의 말이 끄는 마차가 조각되어 있었다. 그 앞으로 좌표를 알려 주는 숫자가 깜빡였다.

북위 52도 30분 59초, 동경 13도 22분 40초

브란덴부르크 문은 요하난도 이미 알고 있었다. 위치는 정확히 모르지만, 자신이 사는 베를린 한가운데에 우뚝 서 있었다. 문제는 이 숲 속에서 어떻게 약속 시간에 맞춰 브란덴부르크 문까지 가느냐는 것이었다. 예전에 아빠가 그곳으로 가는 길을 설명해 줄 때 정신 차리고 잘 들을걸, 하고 때늦은 후회가 밀려들었다. 그래도 우커막에서 그리 먼 곳은 아닌 게 분명했다. 그나마 그 사실이 요하난에게는 커다란 위안이 되었다. 하지만 걸어서 간다면 시간이 얼마나 걸릴지 알 수가 없었다.

'어제는 수요일이었어. 그렇다면 오늘은 목요일? 아직 사흘이 남아 있어.'

정확한 위도와 경도가 주어지긴 했지만, 태어나서 처음 와 본 이 숲 속에서 내비게이션도 없이 베를린까지 찾아가는 것은 결코 쉬운 일이 아니었다. 지난밤에 아빠가 갈릴레오를 손에 들고 숲 속 길을 걸어가던 게 퍼뜩 떠올랐다.

요하난은 급히 일어나서 주위를 둘러보았다. 다행히 수풀 위에 갈릴레오가 떨어져 있는 게 보였다. 아치문이 밝게 빛나기 직

전, 아빠는 솜니아베로를 꺼내느라 갈릴레오를 그곳에 내려놓은 모양이었다. 요하난은 갈릴레오를 집어 들곤 시작 단추를 눌렀다. 검색창에 좌표를 입력했다. 잠시 후, 갈릴레오의 화면에 브란덴부르크 문으로 가는 길 안내가 자세하게 나타났다.

"걸어서 열아홉 시간 소요!"

도중에 별다른 문제만 생기지 않는다면 충분히 걸어갈 수 있는 거리였다. 그때 배에서 꼬르륵거리는 소리가 천둥소리처럼 크게 들려왔다.

'아무것도 먹지 않은 상태에서 얼마나 버틸 수 있을까?'

요하난은 언젠가 혼자서 길 찾는 방법을 연습했던 기억을 떠올렸다. 주거 단지 안에서 엄마가 숨겨 놓은 메시지를 찾아가는 연습이었다. 그때도 내비게이션을 손에 들고 있었다. 지금쯤 엄마 아빠는 이 상황을 알아차리고 얼마나 당황하고 있을까?

'아무래도 엄마 아빠에게 메시지를 남겨야겠어. 혹시라도 나를 찾아 이곳으로 되돌아올지도 모르니까.'

요하난은 바지 주머니에서 종이와 연필을 꺼낸 뒤 쪼그리고 앉아 간단하게 몇 마디를 적었다. 이제 엄마 아빠가 쪽지를 발견할 수 있도록 잘 숨겨야 했다. 쪽지를 숨기기에 적당한 장소가 있는지 주위를 둘러보았다. 아치문 바로 옆에 서 있는 나무가 눈에 들어왔다. 요하난은 아치문 위로 기어 올라간 뒤, 머리 위로 뻗은 나무줄기에 나 있는 작은 구멍에 쪽지를 밀어 넣었다.

그리고 나무줄기에서 미끄러져 내려온 다음, 바지 주머니에서 레이저 칼을 꺼냈다. 칼을 배낭에 넣지 않은 게 천만다행이었다. 요하난은 애정이 듬뿍 담긴 눈으로 레이저 칼을 내려다보았다. 이곳으로 시간 여행을 오기 전, 낯선 할아버지에게서 받은 선물이었다. 그 할아버지는 칼을 요하난에게 건네주며 이렇게 말했다.

"언젠가 이 칼이 네 목숨을 구하게 될지도 몰라. 그러니 언제 어디서든 이 칼만큼은 꼭 몸에 지니고 있어야 한다."

요하난은 할아버지의 진지한 표정 때문에 아무 말도 못 하고 칼을 받았다. 할아버지는 걸음을 옮기다가 잠시 멈추고는 나직이 중얼거렸다.

"아마도 언젠가 우리는 다시 만날 거야, 꼭!"

요하난은 쪽지를 숨겨 둔 나무줄기에 레이저 칼로 두 날개를 활짝 편 천사의 모습을 새겼다. 천사 위에 위쪽을 가리키는 화살표도 그렸다.

'엄마 아빠가 내가 남긴 메시지를 보게 되겠지?'

그리고 요하난은 베를린 브란덴부르크 문으로 향하는 멀고 먼 여행을 시작했다.

2

시간 여행자와 추격자

⋮

파울루스 박사

파울루스 박사는 한숨을 내쉬며 벤치에 털썩 주저앉았다. 우제돔 해안의 잿빛 바닷물이 석양에 빨갛게 물들고, 체헤린의 개폐교는 점점 더 하늘 높이 올라갔다. 다리 건너편에서는 이제 막 땅으로 내려앉은 검은색 캠핑 버스가 재빨리 멀어져 가고 있었다. 일단은 시간 여행자들이 이 추격전에서 승리를 거둔 셈이었다.

"상관없어. 내가 꼭 잡을 테니까."

파울루스 박사는 선글라스를 벗어 들고는 안경다리에 있는 버튼을 눌렀다. 순간 까만 안경알이 은색으로 변하더니 초소형 컴퓨터로 바뀌었다. 버튼을 다시 한 번 누르자, 조금 전 눈앞에서 사라진 캠핑 버스 사진이 떴다. 파울루스 박사는 헛기침을 하고 난 뒤, 고개를 숙여 안경다리에 대고 나직이 말했다.

"방금 사진 한 장을 보냈습니다."

즉시 상대방에게서 응답이 왔다.

"알겠습니다! 그럼 그들은 달아난 겁니까?"

"일단은요. 하지만 금방 위치를 확보할 수 있습니다."

"알겠습니다."

찰칵 소리가 나면서 연결이 끊어졌다. 파울루스 박사는 선글라스를 쓰고 차에 올라탔다. 이윽고 다리가 내려오고 자동차의 통행이 재개되었다.

파울루스 박사는 시간 여행자들을 이 주일째 미행하고 있었다. 그런데 오늘처럼 시간 여행자들을 바짝 따라붙었던 적은 없었다. 박사는 그들이 미래에서 온 사람들이라고 확신했다.

　시간 여행자들의 존재는 두 가지 사실을 말해 주었다. 첫째는 계속되는 생태계의 파괴에도 불구하고 인류의 미래는 엄연히 존재한다는 사실이었다. 둘째는 시간 여행이 정말로 가능하다는 사실이었다. 파울루스 박사는 지금껏 시간 여행이 가능하다고 주장해 왔다. 하지만 돌아온 것은 주위의 냉대와 비웃음뿐이었다. 심지어 자신이 가르쳤던 천체 물리학 연구소 연구원들조차 끼리끼리 모여서 수군거리곤 했다.

　"파울루스 박사님이 노벨상이 받고 싶어 안달이 나셨나 봐. 아니면 허깨비를 쫓고 있거나……."

　결국 파울루스 박사는 천체 물리학 연구소를 떠나 베를린공과대학교에 딸린 연구실로 돌아올 수밖에 없었다. 하지만 그곳 사람들도 별반 다르지 않았다. 지난번 생일날, 동료들은 폴 데이 비스의 게게묵은 베스트셀러 《타임머신 조립하는 법》을 선물했다. 그 책은 시간 여행이 물리학적으로 왜 불가능한지를 설명하고 있었다.

'그래! 이제 곧 고귀하신 천체 물리학자 나부랭이들께서 깜짝 놀라 뒤집어지고 말 거야.'

파울루스 박사는 검은색 자동차를 타고 호숫가를 빠르게 달려가면서, 머지않아 신문에 대문짝만 하게 실리게 될 자신의 기사를 상상했다.

베를린의 과학자, 미래로 시간 여행을 떠나다!

파울루스 박사는 선글라스 화면을 주시했다. 며칠 전에 캠핑 버스 아래에 붙여 놓은 위치 추적기가 깜박거리며 신호를 보내고 있었다. 박사는 선글라스 다리를 가볍게 톡 쳤다.

"예?"

지지직거리는 소리와 함께 목소리가 흘러나왔다. 파울루스 박사는 소음이 신경 쓰이긴 했지만, 이렇게 황막한 곳에서 경찰

쪽 정보원과 연락을 주고받을 수 있다는 것만으로도 다행이라 여겼다.

"그들은 베를린 쪽으로 이동하고 있습니다. 지금 막 도로에서 숲길로 접어들었고요."

파울루스 박사는 시간 여행자들의 위치를 정보원에게 세세히 보고했다.

"우리도 계속해서 신호를 추적하고 있습니다. 그들은 인공위성 감시망에서 벗어났다고 믿는 것 같습니다."

순간, 파울루스 박사의 얼굴에 가소롭다는 듯한 미소가 떠올랐다. 시간 여행자들은 투명 위장 시스템이 아무 소용 없다는 사실을 눈치채지 못하고 있는 게 분명했다. 그래서 아무 의심 없이 목적지를 향해 달려가고 있는 것이었다. 한가로운 휴가를 기대했을 그들과 추격전을 벌이게 되어 조금은 미안한 마음이 들기도 했다. 어린아이도 한 명 끼어 있던데…….

부모를 따라 즐거운 마음으로 시간 여행을 온 그 아이는 지금쯤 겁을 잔뜩 집어먹었을지도 몰랐다. 파울루스 박사는 그들을 겁먹게 할 의도가 전혀 없었다. 그렇다고 개인적인 이득을 얻으려는 것도 아니었다. 물론 이번 일이 성공한다면 엄청난 명예를 가져다주긴 하겠지만, 애초에 그런 걸 염두에 두고 벌인 일은 아니었다. 미래에서 위기에 처한 인류와 지구를 구할 수 있는 열쇠를 찾고 싶은 것뿐이었다. 그 중차대한 일이 지금 온전히 박사의 손에 달려 있었나! 아이가 겪을 두려움까지 헤아릴 여유가 없었다.

"그들의 이동 경로를 분석했습니다."

선글라스 다리에서 다시 목소리가 흘러나왔다.

"분석 결과, 예상되는 목적지는 독일 북부 메클렌부르크포어포메른 주에 있는 노이슈트렐리츠나 브란덴부르크 주에 있는 퓌어스텐베르크, 아니면 리헨이라는 해안 지역인 것 같습니다."

"그 결과는 좀처럼 믿기지가······."

파울루스 박사가 나직이 중얼거렸다.

"어쨌거나 그들이 방사성 물질을 가지고 있다는 건 분명한 사실이겠지요?"

정보원이 다시 확인했다.

"당연하지요. 내가 입수한 정보로는 분명합니다."

파울루스 박사는 거짓말을 했다.

"알겠습니다. 우리는 곧 인력 증원을 요청할 겁니다. 주요 도로에 바리케이드도 설치할 거고요. 또 새로운 정보가 들어오는 대로 박사님께 바로 알려 드리겠습니다. 이상입니다!"

파울루스 박사는 선글라스의 버튼을 눌러 통화를 종료했다.

그날 밤 11시 30분, 파울루스 박사는 경찰로부터 곧 체포 작전을 실시하겠다는 연락을 받았다. 시간 여행자들이 탄 캠핑 버스가 조금 전 숲길을 벗어나 리헨으로 가는 도로로 들어섰으며, 현재 바리케이드를 향해 다가오고 있다고 했다. 박사는 자동차

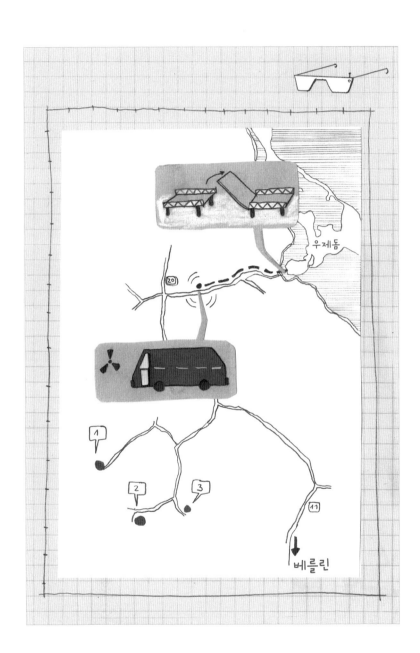

의 속도를 한껏 높였다. 이제 곧 시간 여행자들이 탄 캠핑 버스를 코앞에서 보게 되리란 생각에 마음이 자꾸 들떴다.

하지만 현실은 파울루스 박사가 생각했던 것과는 전혀 다르게 전개되었다. 막상 현장에 도착했을 땐 시간 여행자들이 탄 캠핑 버스 대신, 경찰차의 경광등이 깜박거리고 있었다. 박사는 급히 브레이크를 밟았다. 입에서 아쉬움이 섞인 탄성이 절로 새어 나왔다.

'빌어먹을! 캠핑 버스는 대체 어디로 사라진 거지?'

위치 추적 장치는 엉뚱하게도 파울루스 박사가 서 있는 곳을 가리키고 있었다. 하지만 캠핑 버스는 보이지 않았고, 앞에서는 경찰들이 자동차를 검문하고 있었다.

"한심한 경찰들 같으니라고!"

파울루스 박사는 차를 갓길에 세우기 위해 핸들을 급히 꺾으면서, 왼손으로 선글라스 다리를 신경질적으로 툭 쳤다. 그 서슬에 선글라스가 스르륵 코에서 미끄러져 내렸다. 바로 그 순간, "예?"라고 되묻는 정보원의 목소리가 들렸다.

파울루스 박사는 깜짝 놀라 흘러내리는 선글라스를 붙잡으려 황급히 손을 내뻗었다. 그 바람에 자동차의 뒷바퀴가 그만 도로 옆 도랑에 빠지고 말았다. 박사는 화를 버럭 내며 차에서 내렸다. 그때 경찰이 박사를 발견하고 잽싸게 달려왔다.

"이번에도 버스를 놓쳤다고요!"

파울루스 박사는 애꿏은 경찰을 향해 화풀이라도 하듯 쏘아 붙였다. 경찰이 재빨리 대답했다.

"아무래도 저쪽 숲길로 들어간 모양입니다!"

파울루스 박사는 경찰을 따라 숲길로 달려갔다. 캠핑 버스가 갈림길에서 얼마 떨어지지 않은 수풀에 주차되어 있었다.

경찰청에서 파견한 전문가 한 사람이 방사능 측정기로 캠핑 버스 곳곳을 샅샅이 훑어보고는 이렇게 말했다.

"방사성 물질의 흔적은 전혀 보이지 않습니다!"

"방사능 검사는 이제 그만두고, 버스 안을 수색해 봐!"

현장 책임자가 지시를 내리자 경찰들이 캠핑 버스 안을 수색했다. 잠시 뒤 캠핑 버스에서 발견한 것은 뒷좌석에 놓여 있던 어린이용 배낭이 전부였다. 배낭에는 금속 물질로 만든 장갑 한 짝과 빵을 담았던 것으로 보이는 은빛 도시락, 그리고 조그만 음료수 병이 들어 있었다.

경찰들이 버스 안을 다시 한 번 검색하는 동안, 파울루스 박사는 그 주변을 둘러보았다. 어느새 칠흑 같은 어둠이 내려앉았지만, 박사는 여전히 선글라스를 끼고 있었다. 박사는 선글라스에 내장된 야간 투시경과 열화상 탐지기를 작동시켰다. 선글라스에는 시간 여행자들의 사진이 저장되어 있었다. 검색 장치가 그 사진과 일치하는 누군가를 발견하는 즉시 알려 줄 터였다.

파울루스 박사는 시야 오른편 아래쪽에서 무언가가 깜박이는 길 보였다. 곧이어 열화상 탐지기에 올긋불긋한 그림이 나타났다. 박사는 누군가의 체온 열화상을 보고 있다는 사실을 알아차렸다. 그 사람은 바짝 긴장을 한 채 꼼짝도 하지 않고 서 있었다. 잠시 뒤 열화상 탐지기에 중년 남자의 얼굴이 나타나면서 '감시 대상 포착'이라는 메시지가 떴다. 박사가 선 곳에서 채 이십오 미터도 떨어지지 않은 나무 아래에 시간 여행자가 서 있었다. 갑자기 시간 여행자의 체온 열화상이 변하면서 점점 희미해졌다. 아마도 숲 속으로 들어가고 있는 듯했다.

파울루스 박사는 숲 속 오솔길을 따라 시간 여행자를 조심스레 뒤쫓아 갔다. 갑자기 시간 여행자가 멈춰 섰다. 박사도 덩달아 걸음을 멈추었다. 순간, 박사는 눈을 찌르는 듯한 강렬한 빛 때문에 너무 놀라 비명을 내지를 뻔했다. 시간 여행자가 자신이 있는 쪽을 향해 손전등을 비추었던 것이다. 박사는 앞이 보이지 않는 상태에서 서둘러 선글라스를 벗었다. 손전등 불빛이 춤추듯 흔들리며 저 멀리로 사라지는 게 보였다. 아마도 시간 여행자가 손전등을 든 채 달리고 있는 모양이었다.

파울루스 박사는 이를 악물고 시간 여행자를 뒤쫓았다. 하지만 박사가 따라잡기에는 너무 빨랐다. 손전등 불빛이 저 멀리에서 번쩍이며 춤을 추더니, 주위가 이내 칠흑같은 어둠에 휩싸였다. 박사는 가쁜 숨을 몰아쉬며 그 자리에 멈춰 섰다. 그리고 문득 의문이 생겼다.

'숲 속 한가운데에서 저 시간 여행자는 도대체 어디로 가는 거지? 나머지 일행은?'

질문에 답은 오직 한 가지뿐이었다. 이 근처 어딘가에 시간의 문이 있는 게 분명했다! 파울루스 박사는 떨리는 손으로 선글라스에서 지형 검색 장치를 켠 뒤, 가 볼 만한 곳을 검색했다. 단 한 곳, 카스타벤 교회 유적지가 떴다. 여기서 몇 백 미터 떨어지지 않은 곳이었다.

"맞아! 바로 여기야!"

파울루스 박사는 서둘러 달렸다. 잠시 후 눈앞에 갈림길이 나타났다. 왼쪽 길로 들어서려고 하는데 멀리서 늑대가 울부짖는 소리가 들려왔다. 순간 온몸에 소름이 돋았다. 사실 박사는 개만 봐도 소스라치게 놀랐다. 그러니 숲 속을 돌아다니는 늑대와 마주치고 싶은 생각은 눈곱만큼도 없었다.

파울루스 박사는 어둠 속에서 조심조심 앞으로 나아갔다. 앞쪽에서 밝은 불빛이 나무 사이를 비추며 비스듬히 뻗어 나오는 게 보였다. 뒤쪽에서는 사람들이 두런대는 소리와 개 짖는 소리가 들려왔다. 경찰들도 이쪽으로 포위망을 좁혀 오고 있는 모양이었다. 박사는 발걸음을 서둘렀다. 나무 사이를 비추던 불빛은 점점 더 약해졌다. 이윽고 나무들이 적당한 간격을 유지하며 자랄 수 있도록 베어 내면서 생긴 공터가 보였다. 불빛은 공터 한가운데에 세워진 아치문에서 뻗어 나오고 있었다.

파울루스 박사는 밝은 빛 앞에 서 있는 남자를 발견했다. 남자는 몸을 잔뜩 구부린 채 나무 사이로 뛰어갔다. 박사는 남자를 허겁지겁 뒤쫓았다. 하지만 얼마 가지 못해 늘어진 나뭇가지에 부딪히면서 뒤로 벌러덩 넘어지고 말았다. 가까스로 몸을 일으켰을 때는 남자가 점점 희미해져 가는 빛을 향해 달려가는 모습이 보였다. 그때 누군가가 소리쳤다.

"꼼짝 말고 손들어!"

파울루스 박사는 깜짝 놀라서 소리 나는 쪽을 향해 외쳤다.

"쏘면 안 돼요!"

남자는 그 틈을 타 주머니에서 무언가를 꺼내 서둘러 마시고는, 희미한 빛을 뿜어내는 아치문 아래에 누웠다. 남자의 몸뚱이가 밝게 빛나다가 금세 창백해졌다. 반면에 시간의 문은 눈이 부실 만큼 환한 빛을 냈다.

"잠깐만!"

파울루스 박사는 간절히 소리치며 남자가 누워 있는 빛 한가운데로 뛰어들었다.

'지금이야! 이게 바로 내가 원하던 순간이라고! 이제 나는 미래로 가게 될 거야!'

파울루스 박사는 풀밭 위로 쿵 소리를 내며 넘어졌다. 시간 여행자는 이미 사라지고 없었다. 시간 여행자의 몸을 감싸던 빛도 사라져 버렸다.

"괜찮으십니까?"

누군가가 물었다. 친숙한 목소리였다. 작전 내내 연락을 주고받았던 경찰 쪽 정보원이었다.

파울루스 박사는 실망감을 감추지 못한 채 아치문 아래에 우두커니 앉아 있었다. 바로 눈앞에서 시간 여행자가 환한 빛을 내는 시간의 문 속으로 사라졌다. 왜 시간 여행자를 쫓아갈 수 없었던 걸까? 머릿속에 의문부호가 그려졌다.

"파울루스 박사님, 괜찮으시냐고요."

정보원이 다시 물었다.

"예, 괜찮습니다."

파울루스 박사가 씁쓸한 미소를 지으며 대답했다.

"아쉽네요. 그 남자를 거의 잡을 뻔했는데!"

정보원은 아쉽다고 말했지만, 어쩐지 안심하는 것 같기도 했다. 경찰들이 공터 주변을 살살이 뒤지는 동안, 파울루스 박사는 시간의 문 아래에 서서 낙담한 채 깊은 생각에 잠겼다.

'시간 여행자는 되고, 나는 안 되는 이유가 뭘까? 그 남자와 똑같이 나도 시간의 문 아래로 뛰어들었는데……. 맞아! 그 남자는 시간의 문 아래로 뛰어들기 전에 무언가를 마셨어!'

파울루스 박사의 머릿속에 남자가 시간의 문 아래에 눕기 전에 무언가를 급히 마시던 모습이 떠올랐다. 남자가 마신 것은 시간 여행 약물일 것이다. 왜 진즉에 그 생각을 하지 못했는지, 진한 아쉬움이 가슴속으로 파고들었다.

'버스를 수색했을 때 음료수 병에 들어 있던 게 뭔지 좀 더 살펴었어야 했는데. 나도 그 약물을 마셨다면 모든 게 원하는 대로 이루어졌을 테지.'

파울루스 박사는 비밀을 알아냈지만, 이미 늦고 말았다. 땅을 치고 머리카락을 쥐어뜯고 싶을 만큼 후회스러웠지만, 이제 와서 뭘 어떻게 할 방도는 없었다. 시간 여행자들은 다시는 이런 함정에 빠지지 않도록 조심할 게 분명했다. 어쩌면 이 시대로 다시는 시간 여행을 오지 않을지도 몰랐다.

"안 내려가세요?"

정보원이 물었다. 경찰들은 이미 철수할 준비를 마치고 있었다. 파울루스 박사도 체념한 듯 자리에서 일어섰다. 문득 발아래서 뭔가 딱딱한 것이 밟혔다. 몸을 숙여 그것을 집어 들면서 정보원에게 말했다.

"먼저 내려가세요. 곧 뒤따라갈게요."

"알겠습니다."

정보원을 비롯해 경찰들은 곧 이동을 시작했다.

파울루스 박사는 그들이 모두 사라지자, 비로소 자신이 주운 물건을 자세히 살펴보았다. 그것은 갈릴레오 내비게이션이었다. 혹시나 싶은 마음에 최근 검색 목록 버튼을 눌러 보았다. 그러자 최근 목적지들이 주르륵 떠올랐다.

"젤레, 체헤린, 사파리 공원……."

어쩌면 이걸로 시간 여행자들을 다시 추적할 수 있을지도 몰랐다. 파울루스 박사는 갈릴레오를 주머니에 챙겨 넣은 뒤 천천히 돌아섰다. 그때 무언가가 눈길을 잡아끌었다. 분명히 조금 전과 뭔가가 달라져 있었다. 주변을 두리번거리다가 어둠 속에서도 돌로 쌓은 아치문을 볼 수 있다는 사실을 깨달았다. 그랬다! 시간의 문이 다시금 빛을 내고 있었다.

'이건 또 무슨 일이지? 시간 여행자들이 돌아오기라도 하는 건가?'

파울루스 박사는 나무 뒤로 얼른 몸을 숨겼다.

'혹시 갈릴레오를 두고 간 게 생각나서 되돌아온 걸까? 시간 여행자들에게 갈릴레오가 그렇게나 중요한 물건인 건가?'

문득 파울루스 박사에게 좋은 생각이 떠올랐다. 가방 속을 뒤져 자그마한 위치 추적 장치를 꺼냈다. 갈릴레오의 배터리 상자 뚜껑을 열고는 그 안쪽에다 위치 추적 장치를 붙인 뒤 뚜껑을 닫고 아치문 옆 풀밭에 내려놓았다.

시간의 문은 점점 더 환하게 빛을 냈다. 잠시 뒤 아치문 아래로 무언가가 모습을 나타냈다. 처음에는 아주 희미하게 보이더니 점점 더 뚜렷하게 윤곽이 드러났다. 남자아이였다.

"엄마?"

아이는 눈을 뜨자마자 엄마를 찾았다.

파울루스 박사는 선글라스를 고쳐 썼다. 저 멀리 어디선가 또다시 늑대 우는 소리가 들려왔다. 아이가 흐느껴 울었다. 마음 같아서는 당장이라도 달려가 아이를 안아 달래 주고 싶었다.

'시간 여행자 중에서 왜 저 아이만 다시 나타난 거지?'

파울루스 박사는 조금 더 지켜보기로 마음먹었다. 어쩌면 다른 일행도 돌아올지 몰랐다. 하지만 더 이상은 아무 일도 일어나지 않았다. 아이는 아치문 아래 쪼그리고 앉아 꼼짝도 하지 않았다. 그때 비가 내리기 시작했다. 박사는 조바심이 나서 더 이상 가만히 있을 수 없었다. 어느새 아침이 밝아 오고 있었다.

'대체 뭐지? 저 아이에게만 뭔가가 잘못된 걸까?'

순간, 버스에 있던 배낭이 떠올랐다.

'내가 뒤쫓았던 시간 여행자는 왜 버스로 돌아온 걸까? 혹시나 놓고 갔던 무언가를 가져가기 위해서? 경찰들이 바짝 뒤쫓고 있는 다급한 상황에서도?'

그렇다면 시간 여행자가 위험을 무릅쓰면서까지 버스로 돌아와 가져가려 했던 것은 아주 중요한 물건일 터였다. 미래로 돌아가는 데 꼭 필요한 것이라면?

'음료수 병!'

시간 여행자가 가져가려 했던 것은 음료수 병이 틀림없었다.

저 아이가 시간 여행을 하는 데 꼭 필요한 음료수 병을 버스에 놓고 내린 것이었다. 그러면 아이가 왜 미래로 돌아가지 못했는지도 자연스럽게 설명이 되었다.

물론 저 아이가 왜 처음 얼마간은 사라져 보이지 않았는가는 여전히 의문으로 남았다. 하지만 그건 지금 당장은 그리 중요한 문제가 아니었다. 어떻게 해서든 그 음료수 병을 손에 넣는 일이 시급했다.

'설마 어떤 멍청이가 병 안에 든 내용물을 쏟아 버린 건 아니겠지?'

파울루스 박사는 등골이 오싹해졌다. 이제 이 자리에서 슬그머니 빠져나가야 하는 건지, 아니면 저 아이를 붙잡아 데려가야 하는지 결정해야 하는 일이 남았다. 결론은 의외로 간단했다. 아이가 자신의 감시망을 빠져나갈 가능성이 거의 없다면 굳이 무리해서 붙잡을 이유가 없었다.

아이가 움직이기 시작했다. 아이는 손에 뭔가 밝은 빛이 나는 물체를 들고 있었다. 잠시 뒤 아이 앞에 아주 작은 영상이 나타났다. 파울루스 박사는 실눈을 뜨고 그 영상을 자세히 바라보았다. 빛으로 이루어진 어떤 형상처럼 보였는데, 중간에 다른 영상으로 바뀌었다. 영상이 기계음으로 무언가를 속삭였지만 거리가 너무 멀어 전혀 알아들을 수가 없었다.

이윽고 빛이 사라지자, 아이가 자리에서 일어섰다. 희미한 새

벽빛 속에서 갈색을 띤 금발과 쫑긋하게 곧추선 두 귀가 보였다. 그건 시간 여행자들의 공통적인 신체적 특성이었다. 아이는 왔다 갔다 하며 무언가를 찾는 눈치였다. 그러다가 풀밭에서 갈릴레오를 발견했다. 아이는 갈릴레오를 집어 들더니 무언가를 입력했다.

파울루스 박사는 흥분해서 두 손을 비볐다. 갈릴레오에 위치 추적 장치를 부착해 놓은 것은 탁월한 결정이었다. 아이는 자신의 부모 곁으로 돌아가려 할 테니까.

파울루스 박사는 아이가 주머니에서 종이를 꺼내 무언가를 끼적이는 모습을 지켜보았다. 이윽고 아이가 아치문 위로 기어 올라가더니, 나무 안에다 쪽지를 숨기고는 땅으로 내려왔다. 아이는 바지 주머니에서 칼 같은 것을 꺼내 나뭇가지에 무언가를 새겨 넣었다.

잠시 머뭇거리던 아이는 마침내 그곳을 떠나 숲 속으로 사라져 버렸다. 주위가 쥐 죽은 듯 고요해졌다. 파울루스 박사는 그제야 숨어 있던 곳에서 걸어 나왔다. 당장은 버스 안에 있던 배낭을 확보하는 게 시급했다. 선글라스 다리를 손으로 톡 쳤다.

"그렇잖아도 박사님이 어디 계신지 걱정하고 있던 참입니다."

정보원이 응답했다.

"고맙습니다. 별일은 없습니다. 그런데 아까 버스에서 발견한 배낭은 잘 보관하고 있지요?"

"당연하지요!"

"그 배낭을 살펴보고 싶은데요. 내가 갈 때까지 그 안에 있는 물건에 손대지 말아 주세요."

"이런! 어떡하지요? 우리가 벌써 배낭 안에 있던 물건들을 꺼내 조사하고 있는 중입니다."

"뭐라고요?"

"배낭 안에 있던 장갑 기억하시죠? 그게 글쎄, 홀로그램을 보여 주는 장치더라고요! 풀라우메 경관이 지금 막 홀로그램을 띄워 보고 있는 중입니다."

파울루스 박사는 화가 치미는 것을 억누르며 다시 물었다.

"배낭 안에 있던 다른 물건은 어떻게 됐나요?"

"배낭 안에 그대로 보관하고 있습니다. 딱히 주목할 만한 게 보이지 않아서요. 밀수품이나 도난품인 것 같지도 않고요."

"아! 그렇다면 베를린에 있는 내 연구소로 보내 주시면 고맙겠네요."

"알겠습니다. 박사님 연구소로 보내 드리도록 하겠습니다. 아, 그리고 박사님의 차도 도랑에서 꺼내 놓았습니다."

"이런! 정말 고맙습니다. 그럼 이만……."

파울루스 박사는 정보원과 통화를 끝내고 나서, 다시금 안경 다리를 툭 치며 이름을 불렀다.

"울리케?"

"예, 파울루스 박사님?"

"조금 전 경찰 관계자한테 연구실로 배낭 안에 든 몇 가지 물건들을 보내 달라고 부탁해 놨어. 그중에 아마도 음료수 병이 들어 있을 거야. 물건들이 도착하면, 병 안에 들어 있는 내용물을 분석해 주게. 가능한 한 서둘러서."

"네, 알겠습니다. 말씀하신 대로 처리해 놓을게요."

"그리고, 울리케······."

"예?"

"그 물건들은 아주 조심해서 다루어야 해. 보안에도 각별히 신경 쓰고. 외부로 어떤 말도 새어 나가지 않도록 하고."

"박사님 말씀만 들어도 긴장이 되네요."

"그래, 자네만 믿고 부탁하겠네. 이번 일은 어쩌면 엄청난 반응을 이끌어 낼지도 몰라. 자세한 이야기는 나중에 할 테니, 일단 일을 진행해 주게."

"네, 잘 알겠습니다. 걱정 마세요."

파울루스 박사는 선글라스를 벗어 주머니에 넣으며 흐뭇한 미소를 지었다. 가장 시급한 일은 해결되었고, 이제는 아이가 숨겨 놓은 쪽지를 확인해야 할 차례였다. 박사는 조금 전에 아이가 올라갔던 나무로 다가가 위를 올려다보았다. 순간, 얼굴에서 미소가 사라졌다.

'저 위로 어떻게 올라가지?'

파울루스 박사는 팔을 쭉 뻗어 나뭇가지 하나를 잡은 다음, 두 번째 나뭇가지를 향해 다른 팔을 뻗었다. 두 팔로 나무줄기에 매달려 버둥대다가 힘이 빠지면서 그대로 쿵 하고 바닥에 떨어졌다. 입에서 신음이 절로 터져 나왔다. 이런 방법으로는 나무에 오르는 게 불가능했다.

'아까 그 아이가 나무에 어떻게 올라갔더라? 그렇지! 저 아치

문 위로…….'

파울루스 박사는 끙끙거리며 자신의 어깨 높이 정도 되는 아치문 위로 기어 올라갔다. 헐렁하게 쌓인 돌 하나가 흔들리는 바람에 하마터면 바닥으로 떨어질 뻔했다. 땀을 뻘뻘 흘리며 겨우 아치문 위로 올라섰다.

그리고 나뭇가지를 잡아 끌어당기며 나무 위로 올라섰다. 가느다란 나무줄기가 자신의 몸무게를 버티지 못하고 심하게 출렁거렸다. 하지만 있는 힘을 다해 조금 더 높이 올라가자, 아이가 쪽지를 숨겨 놓은 구멍이 보였다. 드디어 구멍 안에 손을 집어넣어 쪽지를 움켜쥐었다. 하지만 바로 그 순간, 균형을 잃고 엉덩방아를 찧으며 땅으로 떨어지고 말았다.

파울루스 박사는 신음 소리를 내며 몸을 일으킨 뒤, 쪽지를 펴서 아이가 남긴 글을 읽었다.

천사가 말해 준 대로 저는 베를린으로 가는 중이에요. J.

파울루스 박사의 얼굴에 미소가 피어올랐다. 박사의 연구실도 베를린에 있었다.

'그 아이가 걸어서 베를린까지 가려면 꽤나 시간이 걸리겠지.'

파울루스 박사는 바지에 묻은 흙먼지를 툭툭 털어 냈다. 아픈 다리를 절뚝이며 자동차가 있는 곳으로 갔다. 곧 자동차의 시동을 걸고는 가장 가까이 있는 마을로 향했다. 호텔에 방을 잡은 다음, 샤워를 하고 아주 맛있게 아침 식사를 했다. 그러고는 선글라스를 꺼내 위치 추적 장치의 수신기를 켰다.

예상했던 것과는 달리 아이는 베를린 쪽으로 이동하지 않고, 서쪽 숲 한가운데로 들어서고 있었다.

'어디로 가려는 거지? 혹시 갈릴레오를 사용할 줄 모르나? 아니면 도로에 설치된 바리케이드를 피하기 위해서 멀리 길을 돌아가려는 건가?'

아무리 생각해 봐도 길을 돌아가고 있는 게 가장 그럴 듯했다. 실제로도 아이는 숲길을 헤매는 대신, 도로를 우회한 뒤 남쪽을 향해 나아가고 있었다.

파울루스 박사는 하품을 하며 창문을 활짝 열었다. 아직 정오도 되지 않았는데 날이 무척 더웠다. 드넓게 펼쳐진 들판 한가운데에 있는 호수가 은빛으로 반짝였다. 박사는 두 눈을 비비고는 창문을 닫고 소파에 누워 생각에 잠겼다.

'아이와 맞닥뜨려 보는 게 좋을까?'

아이에게서 믿음을 얻어 내는 일은 그리 어렵지 않을 것 같았다. 혼자서 낯설고 먼 길을 가야 하는 아이라면, 자신에게 도움을 주는 사람에게 고마움을 느낄 게 당연했다. 하지만 혹시라도 그 아이가 자신의 정체를 알아차린다면? 아이에게 다가가려는 시도가 오히려 일을 망칠 수도 있었다.

파울루스 박사는 사파리 공원에서 그 아이와 처음 마주쳤던 순간을 떠올려 보았다. 그때는 시간 여행자들의 사진을 몰래 찍기 위해 선글라스를 끼고 있었다. 선글라스만 벗으면 아이가 자신을 알아볼 걱정은 하지 않아도 될 것 같았다. 하지만 혹시라도 기억해 낸다면? 박사는 잿빛 수염을 쓰다듬었다. 말끔하게 면도만 하면 적어도 십 년은 더 젊어 보일 터였다. 박사는 곧바로 면도기를 집어 들고 화장실로 들어갔다.

　파울루스 박사는 면도를 마치고 침실로 나왔다. 하늘은 그새 잔뜩 흐려져 있었고, 천둥 번개를 동반한 비바람이 몰려오고 있었다. 창밖은 섬뜩하리만큼 어둡고 음산했다. 호수 위로 번개가 날카롭게 번쩍이더니, 곧 비가 억수같이 쏟아졌다.

　파울루스 박사는 다시 한 번 위치 추적 수신기를 확인했다. 깜박이는 신호가 북쪽으로 올라가다 되돌아 내려오더니 지그재그를 그리며 이리저리 왔다 갔다 했다. 거친 날씨로 인해 갈릴레오가 위성으로부터 정보를 받지 못하면서, 아이가 방향을 잃은 채 갈팡질팡하고 있는 모양이었다.

　파울루스 박사는 방금 면도해 말끔해진 턱을 손으로 어루만지며 위치 추적 수신기를 계속 들여다보았다. 그런데 어느 순간부터인가 깜박거리던 신호가 아예 움직이지 않았다.

　'혹시 아이가 비를 피해 몸을 숨길 만한 곳이라도 찾아 들어간 걸까?'

그때 파울루스 박사는 요하난이 비에 홀딱 젖은 채로 나무 아래에 서 있다는 걸 전혀 예상하지 못했다. 요하난은 숲 속에서 길을 잃고 헤매며 배고픔과 추위에 부들부들 떨고 있었다. 만약 박사가 그 사실을 알았더라면 당장 달려갔을 것이다. 하지만 지난밤에 한숨도 자지 못한 탓에 박사는 꿈조차 꾸지 않고 깊은 잠에 빠져들었다.

파울루스 박사는 한참 만에 잠에서 깨어나 눈을 떴다. 어느새 저녁이 되었는지 창밖이 어둑했다. 순간적으로 자신이 어디에 있는지 몰라 멍하니 앉아 있다가 소파를 박차고 일어섰다.

"이런, 제기랄!"

위치 추적 수신기를 확인하는 순간, 파울루스 박사가 우려하던 일이 현실로 나타났다. 여전히 신호가 전혀 잡히지 않았다.

"이런, 빌어먹을! 제기랄!"

파울루스 박사는 연신 욕을 하며 수신기의 버튼을 마구 눌렀다. 하지만 아무 소용이 없었다. 수신기에는 어떤 신호도 잡히지 않았다. 박사는 소파에 털썩 주저앉아 생각에 잠겼다.

'왜 수신기에 신호가 잡히지 않는 걸까? 아마도 세 가지 이유 중 하나겠지. 첫째는 아이가 그사이에 미래로 돌아갔다. 하지만 그럴 가능성은 희박해. 둘째는 갈릴레오가 비에 젖어 고장이 났다. 마지막으로, 무언가가 위치 추적 장치가 보내는 신호를 막고 있다. 아이가 비를 피해 건물 안으로 들어갔다거나……'

파울루스 박사는 선글라스 화면으로 주변 지도를 불러냈다.

"아무 표시가 없는 저 지역은 뭐지?"

파울루스 박사는 그 부분을 확대해 보았다. 곧 폐허로 변한 건물들이 줄지어 나타났다.

'사람이 살지 않는 마을인가?'

버려진 마을이라고 하기에는 너무 넓었다. 인터넷을 검색해 보자 의외로 쉽게 답이 나왔다. 냉전 시대에 소련의 군사 기지로 사용되던 '노이티멘'이었다. 만약 아이가 비를 피해 콘크리트 벙커 안으로 들어갔다면, 위치 추적 장치가 신호를 보내지 않는 것은 당연한 일이었다.

이 추측이 맞는지 확인해 보기 위해서는 직접 가 보는 수밖에 없었다. 하지만 날은 이미 어두워지고 있었다. 이 저녁에 아이 하나 찾자고 그 넓은 지역을 뒤지고 다니는 것은 무모한 짓이었다. 파울루스 박사는 깊이 잠들었던 것을 후회하며 스스로를 달래듯 중얼거렸다.

"내일 아침에도 수신기에 신호가 뜨지 않는다면 일찌감치 움직이자고."

불안감으로 밤새 뒤척이던 파울루스 박사는 해가 나무들 위로 고개를 내밀기도 전에 노이티멘으로 달려갔다. 아침 식사도 호텔 식당에서 먹는 대신, 야외로 들고 나가 먹을 수 있게끔 포장해 달라고 부탁했다. 위치 추적 수신기에는 여전히 신호가 뜨지 않았다.

파울루스 박사는 울창한 소나무 숲을 지나 삼십 분가량 차를 몰고 달린 끝에 높다란 담장으로 둘러싸인 군사 지역에 도착했다. 돌쩌귀가 떨어져 나간 철문 옆에는 출입을 금지한다는 내용의 경고판이 걸려 있었다.

파울루스 박사는 고개를 절레절레 저었다. 아이가 비를 피해 여기로 찾아왔다면, 이쯤에서 포기하고 다른 곳으로 갔기를 내심 바랐다. 철문 뒤로는 음산한 전나무 가로수 길이 뻗어 있었다. 그리고 바닥에 깔린 콘크리트 사이로 잡초가 무성히 자라고 있었다.

얼마 뒤 파울루스 박사는 녹이 슨 쇠창살 앞에 이르렀다. 쇠창살 한가운데에는 소련을 상징하는 붉은 별이 걸려 있었다. 바로 그때, 수신기에서 신호가 깜박거렸다. 결국 추측은 들어맞았다. 신호는 나타났다 사라졌다를 반복하며 아주 약하게 깜박였다. 신호가 잡히는 쪽으로 방향을 틀자, 넓은 뜰 뒤쪽으로 우뚝 선 건물이 보였다. 그 건물은 거대한 주차장인 듯했다.

파울루스 박사는 건물 입구 쪽으로 다가갔다. 그러자 바닥에 떨어진 통조림 깡통이 눈에 들어왔다. 뚜껑이 열린 깡통에는 러시아 어로 무언가가 적혀 있었는데, 고약한 냄새를 풍기는 수프가 반쯤 들어 있었다.

'그 아이는 지금쯤 배가 무척 고프겠지? 아침 식사를 포장해 오길 잘했네!'

파울루스 박사는 수신기의 신호를 다시 한 번 확인했다. 신호가 아까보다 훨씬 더 선명해졌다. 아이는 저 안에 숨어 있는 게 틀림없었다. 박사는 선글라스를 바지 주머니에 밀어 넣었다.

그러고는 마치 우연히 찾아온 것처럼 주차장 건물의 입구 주변을 어슬렁거렸다. 그러다가 어둠 속에서 무언가가 움직이는 것을 보았다. 박사는 음산한 건물 안을 들여다보며 떨리는 목소리로 물었다.

"거기, 누구 있어요?"

한참 동안 아무런 대답이 없었다. 파울루스 박사는 건물 안으로 천천히 들어섰다. 건물 안은 생각보다 넓었고, 이리저리 금이 간 바닥에는 잡초가 제멋대로 자라 있었다. 안쪽 구석에 쓰레기가 가득한 구덩이가 있었는데, 그 안에 겁에 질린 아이가 몸을 잔뜩 움츠린 채 앉아 있었다. 바로 미래에서 온 소년이었다.

파울루스 박사는 구덩이 가장자리에 쪼그리고 앉았다. 아이는 칼자루처럼 보이는 것을 손에 꽉 움켜쥐고 있었다. 박사는 아무것도 보지 못한 척하며 부드러운 목소리로 물었다.

"넌 누구니? 여기서 뭐 하고 있어?"

아이는 아무 대답도 하지 않았다.

"혹시 길을 잃은 거니?"

역시 아무 대답이 없었다.

"아니면 집을 나온 거니? 어쩌다 여기까지 왔어?"

아이는 여전히 입을 굳게 닫고 있었다.

파울루스 박사는 한숨을 푹 내쉬었다.

'정말이지 고집이 센 녀석이로군!'

파울루스 박사는 작전을 바꾸었다.

"말하고 싶지 않으면 하지 않아도 돼. 난 상관없으니까. 그런데 혹시 배가 고프지는 않니?"

파울루스 박사는 아이를 힐끔 보고는, 가방에서 아침 식사로 포장해 온 샌드위치를 꺼내 코앞으로 디밀었다. 아이는 먹고 싶은 듯 입맛을 다시며 샌드위치를 뚫어져라 바라보았다. 하지만 끝내 앉은 자리에서 꼼짝을 하지 않았다.

파울루스 박사는 결국 지저분한 구덩이 가장자리에 두 다리를 뻗고 걸터앉았다. 일부러 다리를 까불거리며 아이에게 친근하게 말했다.

"아저씨는 나쁜 사람 아니야. 그러니까 아무 걱정 하지 마. 어쩌다 우연히 너를 보게 된 것뿐이야. 아저씨는 여기처럼 오래된 곳에 관심이 많거든. 그러니까 다른 시대에 존재했던 역사적 장소들이……."

파울루스 박사는 말끝을 흐지부지 흐렸다. 이런 식으로 말하는 것은 아이를 움직이는 데 아무 도움이 되지 않을 것 같아서였다. 그래서 약간의 위험을 무릅쓰기로 결심했다.

"나도 아직 아침을 못 먹었거든. 그런데 이 건물 안은 아무리 봐도 분위기가 별로야. 밖에는 해가 쨍쨍 떴는데……. 밖으로 나가서 아침을 먹는 게 좋겠어. 너도 같이 갈래? 샌드위치를 둘로 나눠 먹음 되니까. 어때? 어쨌든 아저씨는 이제 나간다."

파울루스 박사는 자리에서 일어나 건물 밖으로 나갔다. 일부러 문 바로 앞쪽에 자리를 잡고 앉은 뒤, 가방에서 살라미 소시지와 치즈 샌드위치 두 개, 초콜릿, 그리고 오렌지 주스 한 병을 꺼내 바닥에 놓았다.

잠시 뒤 파울루스 박사의 귀에 나직한 발자국 소리가 들려왔다. 고개를 돌려 살펴보고 싶었지만 일부러 꾹 참았다. 설사 아이가 도망친다고 해도 위치 추적 수신기가 있으니까 크게 상관이 없었다. 배가 고프지는 않았지만, 짐짓 살라미 소시지를 집어 한입 베어 물었다. 그러면서 곁눈질로 슬쩍 훔쳐보니, 아이가 문 옆 벽에 붙어 서서 꼼지락거리고 있었다.

"이름이 뭐니?"

파울루스 박사는 소시지를 씹으며 물었다. 아이는 주저주저하며 가까이 다가왔다.

"요하난이요."

아이가 들릴 듯 말 듯한 목소리로 대답했다.

"난 파울루스야."

파울루스 박사는 치즈 샌드위치를 내밀었다. 요하난은 샌드위치를 덥석 받아 쥐었다.

삼십 분쯤 뒤, 파울루스 박사는 요하난과 함께 자동차를 세워둔 곳으로 걸어갔다.

"나를 만나게 되어서 정말 다행이구나. 이 근처에는 사람들이 거의 오지 않거든. 위험한 곳으로 알려져 있기도 하지만 워낙 외진 데라……. 가장 가까운 마을까지 가려고 해도 한참을 걸어야 할걸."

파울루스 박사의 말에 요하난은 아무 말 없이 고개만 끄덕거렸다.

"지금쯤 선생님이 널 엄청 찾고 있겠는데……."

요하난은 파울루스 박사에게 수학 여행을 왔다가 그만 길을 잃어 일행과 떨어지게 되었다고 둘러댔다. 박사는 마치 그 이야기를 믿는다는 듯이 혀를 끌끌 찼다. 요하난은 기어 들어가는 목소리로 중얼거렸다.

"어쩌면 호텔에서 제가 돌아오기를 기다리고 있을지도 모르고요."

"그 호텔이 어딘데? 아저씨가 데려다줄게. 아니면 선생님한테 전화를 걸어 보든가."

"전화요?"

요하난이 깜짝 놀라 되물었다.

"아니에요. 됐어요. 우리는, 우리는 여기에……."

요하난은 머뭇거리며 말을 이었다.

"휴대폰을 갖고 온 사람이 아무도 없어요. 차라리 그냥 집으로 갈래요. 아저씨한테 지나치게 폐를 끼치는 일이 아니라면, 아무래도 그게 제일 좋을 거 같아요."

"난 아무래도 상관없다. 어차피 베를린으로 돌아가려던 참이니까."

파울루스 박사는 내심 쾌재를 부르며 대답했다. 박사는 자동차를 세워 둔 곳에 도착하자, 요하난을 뒷좌석에 태웠다. 문득 바지 주머니에 자신의 정체가 들통날 수 있는 선글라스가 들어 있다는 사실이 생각났다. 차 문을 열면서 선글라스를 운전석 문짝의 수납칸에 슬그머니 밀어 넣었다.

"그런데 베를린 어디에 사니?"

파울루스 박사의 물음에 요하난은 바로 대답하지 못하고 멈칫거렸다.

"중심가에요."

"아하! 베를린 시내 말이냐?"

"예, 맞아요. 베를린 장벽 앞에 저를 내려 주셔도 돼요. 거기서부터는 제가 알아서 집까지 찾아갈 수 있으니까요."

"베를린 장벽 앞에 내려 달라고?"

파울루스 박사가 깜짝 놀라 되물었다.

"베를린 장벽은 이미 삼십여 년 전에 사라졌잖아?"

요하난은 당황했는지 아무 말도 하지 못했다. 파울루스 박사도 당황하기는 마찬가지였다.

'대체 이 아이가 무슨 생각으로 베를린 장벽 앞에다 내려 달라는 걸까? 그럼 이 아이가 과거에서 왔다는 말인가? 그건 말도 안 되는 소리인데.'

파울루스 박사는 조심스레 다시 물었다.

"너, 혹시 베르나우어 거리에 있는 베를린 장벽 기념관을 말하는 거니?"

그곳이라면 아직 베를린 장벽의 일부가 남아 있었다. 박사는 가만히 기억을 더듬어 보았다.

'그런데 그곳에 아치 모양의 문이 있었던가?'

요하난은 아니라는 듯 강하게 고개를 저었다.

"그래? 어쨌든 알았다. 일단은 베를린으로 가자. 그런 다음에 널 어디서 내려 줄지 정하면 되지."

베를린에 거의 다 다다라 갈 무렵, 파울루스 박사는 요하난 몰래 전화를 하기 위해 고속도로 휴게소에 들렀다.

"여전히 배가 고픈가 보구나. 네 배 속에서 꾸르륵 소리가 천둥소리처럼 울리네."

파울루스 박사는 애써 요하난에게 다정하게 말했다.

"차 안에서 조금만 기다리렴. 아저씨가 먹을 것 좀 사 올게. 참, 너도 감자 칩 좋아하지?"

요하난은 고개를 끄덕였다. 언뜻 보기에도 요하난은 배가 무척 고파 보였다. 파울루스 박사는 안에서 문을 열지 못하게끔 잠금 장치를 누른 다음 차에서 내렸다.

휴게소 건물에 들어서자마자 바지 주머니에 손을 넣어 선글라스부터 찾았다. 그러다 아까 차에 탈 때 선글라스를 운전석 문짝의 수납칸에 넣어 둔 게 생각났다.

'이렇게 멍청하기는!'

다행히 파울루스 박사는 연구실 전화번호를 외우고 있었다. 지나가던 사람에게 휴대폰을 잠깐 빌려 쓸 수 있겠느냐고 물었다. 다행히 어렵지 않게 휴대폰을 빌려 연구실로 전화를 걸었다. 연구실 직원 울리케는 아직 배낭이 도착하지 않았다고 알려 주었다.

'굼벵이들 같으니라고! 여태 안 보내고 무얼 하고 있는 거야.'

파울루스 박사는 화가 치미는 걸 억지로 참으며 배낭이 도착하는 대로 자신에게 곧바로 알려 달라고 당부했다. 아울러 울리케에게 국방부로 전화를 걸라고 지시하며 의미심장한 말을 덧붙였다.

"그 사람들에게 내가 곧 깜짝 놀랄 만한 소식을 가져갈 거라고 전해 줘. 우리의 작전이 착착 맞아떨어졌다고……. 연구소에 도착하는 대로 다시 연락하지. 늦어도 삼십 분쯤 뒤면 도착할 거야. 그리고 뭐든 먹을 걸 좀 준비해 주면 고맙겠어. 아! 부탁할 게 한 가지 더 있는데……. 손님방 좀 정리해 줘."

파울루스 박사는 만족스런 미소를 지으며 감자 칩 한 봉지를 샀다. 자동차로 돌아가자, 뒷좌석에 앉아 있는 요하난이 무언가 불편한 듯 안절부절못했다.

"왜 그러니? 무슨 일 있었어?"

파울루스 박사가 미심쩍은 눈으로 차 안을 둘러보며 물었다.

"화장실에 가고 싶어서요."

요하난이 얼굴을 붉히며 대답했다. 파울루스 박사는 안도의 한숨을 내쉬며 말했다.

"그랬구나. 그럼 나랑 같이 다녀오자."

파울루스 박사는 요하난을 데리고 휴게소 화장실로 갔다.

"시간이 조금 걸릴지도 몰라요. 배가 아프거든요."

요하난이 화장실 안으로 들어가면서 말했다.

"그래, 걱정 말고 다녀오렴."

파울루스 박사는 화장실 입구 벽에 기대 서서 요하난이 나오기를 기다렸다. 하지만 시간이 꽤 지났는데도 좀처럼 나오지 않았다.

'화장실에 앉아서 무얼 하길래 이리 오래 걸리지?'

그때 버스가 휴게소로 들어와 서는 게 보였다. 버스에서 아이들이 우르르 쏟아져 나오더니, 그중 일부가 화장실로 몰려 들어 갔다. 파울루스 박사는 열린 문틈으로 화장실 안을 슬쩍 들여다 보았다. 방금 들어간 아이들만 북적거릴 뿐, 요하난은 보이지 않았다. 그 순간, 무언가가 옆구리를 쿡 들이박았다. 고개를 돌려 보니, 적갈색 머리칼의 사내아이가 자신과 부딪친 충격으로 바닥에 벌렁 나자빠져 있었다. 박사는 그 아이에게 퉁명스럽게 말했다.

"괜찮니? 제발 조심히 좀 다녀라!"

"죄송합니다!"

아이가 파울루스 박사를 쳐다보며 사과했다. 곧 아이는 벌떡 일어서더니 밖으로 달려 나갔다. 아이들은 하나둘씩 다시 버스로 모여들었다. 잠시 뒤 버스 운전기사가 짐칸의 문을 닫고 버스에 올라탔다.

파울루스 박사는 고개를 설레설레 저으면서 돌아섰다. 요하난은 아직도 화장실에서 나오지 않았다. 서서히 불안해지기 시작했다. 결국 문을 열어젖히고 안으로 들어가려는 순간, 그 앞을 지키고 있던 화장실 관리인이 가로막았다.

"거기요! 화장실 사용료부터 내야죠!"

"아이를 찾고 있습니다."

"말이야 다들 그렇게 하지요."

관리인이 짜증스런 표정으로 투덜댔다.

파울루스 박사는 관리인과 입씨름을 하기가 귀찮아서 동전을 꺼내 건네주고는 화장실 안으로 들어섰다. 화장실은 텅 비어 있었다. 칸마다 문을 차례로 열어 보았지만, 요하난은 감쪽같이 사라지고 없었다. 출입문은 오직 하나뿐인데……. 요하난이 화장실로 들어간 이후 지금껏 내내 문 앞을 지키고 서 있었다. 그렇다면 요하난은 분명 이 안 어딘가에 있어야 했다. 정말이지 귀신이 곡할 노릇이었다.

파울루스 박사는 서둘러 화장실 밖으로 달려 나갔다. 아이들을 태운 버스가 막 출발했다. 조금 전에 자신과 부딪쳤던 아이가 버스 안에서 손을 흔들었다. 지나친 상상일지도 모르지만, 왠지 그 아이가 자신을 비웃고 있는 것처럼 느껴졌다.

파울루스 박사는 주위를 두리번거렸지만 요하난의 모습은 어디에서도 보이지 않았다. 문득 위치 추적기가 떠올라 자동차가 있는 데로 달려갔다. 문을 열자마자 운전석 문짝의 수납칸에 손을 집어넣었다. 그런데 텅 비어 있었다. 그때 퍼뜩 머릿속으로 한 가지 생각이 스쳤다.

'그 아이가 선글라스를 가져간 게 틀림없어! 화장실이 급해서 다녀와야 한다는 건 나에게서 빠져나가기 위한 핑계였던 거야! 하지만 그 아이가 어떻게……?'

파울루스 박사는 고개를 들어 고속도로로 막 들어서고 있는 버스를 허탈하게 바라보았다.

'아! 저 버스에……'

파울루스 박사는 이를 부득부득 갈며 운전석에 앉아 시동을 걸었다. 가능한 한 빨리 연구실로 가서 보조 수신 장치를 작동시켜 요하난이 있는 곳을 알아내야 했다. 눈앞에서 버스를 놓치긴 했지만, 수신기만 제대로 작동해 준다면 어렵지 않게 요하난을 다시 찾아낼 수 있을 것이다. 이제 다시는 그 미래 소년을 놓치지 않으리라.

미래에서 온 친구

⋮

메얼린

메얼린은 버스의 맨 뒷자리에 타고 있었다. 버스가 연방 흔들리는 통에 멀미가 나서 속이 메스꺼웠다. 다른 아이들은 서로 우스갯소리를 하며 깔깔대고 있었다.

메얼린 옆에 앉은 세바스티안이 말했다.

"프리츠가 할머니 집에 놀러 갔어. 그 아이는 수프를 엄청 싫어해. 그런데 할머니가 수프를 가득 담은 그릇을 내밀면서 이렇게 말하는 거야. '얼른 먹으렴. 안 그러면 할머니가 늑대를 불러올 거야.' 그러자 프리츠가 뭐라고 했는 줄 알아? '늑대는 수프를 안 먹어요!'"

메얼린이 히죽 웃으며 대꾸했다.

"제법 웃기는데! 늑대를 무시무시한 동물로 몰고 가는 부분이

마음에 들진 않지만. 좋아! 이번에는 내가 우스운 이야기 하나 해 줄까?"

"응! 얼른 해 봐!"

"우주에서 두 개의 별이 만났어. 첫 번째 별이 인사했지. '안녕? 잘 지내지?' 그러자 다른 별이 대답했어. '아니아니! 잘 못 지내. 내 별에는 호모 사피엔스가 살고 있거든.'"

"호모 뭐라고?"

프리츠가 이야기를 중간에 잘랐다. 메얼린이 한심하단 듯 한숨을 내쉬며 말했다.

"바보야! 호모 사피엔스는 라틴어로 '인간'이란 뜻이야."

"아하, 그런 거였구나. 그렇다고 바보가 뭐냐? 모를 수도 있는 거지. 근데 웃기기는 하네."

"아직 얘기 다 안 끝났거든!"

메얼린이 이야기를 계속 이었다.

"그러자 첫 번째 별이 별일도 아니란 듯 시큰둥하니 대답했지. '그래 봤자 잠깐이잖아. 곧 사라지고 말 텐데, 뭐.'"

세바스티안이 쯧쯧 혀를 차며 빈정거렸다.

"하여간 넌……. 늘 자연 보호, 아니면 생태계 이야기뿐이지? 그나저나 너, 지금도 그린피스 회원인 거야?"

"그럼 당연하지!"

메얼린이 자랑스러운 목소리로 대답했다.

이제 버스는 고속도로를 벗어나 휴게소로 들어섰다. 운전기사 아저씨가 아이들에게 큰 소리로 말했다.

"화장실 가고 싶은 사람 다녀오너라! 그리고 짐칸 열어 줘야 할 사람 있으면 얼른 말하고!"

여자아이들 몇 명이 손을 들었다.

메얼린은 버스에서 내리자마자 숨을 한 번 깊이 들이마셨다. 먼지투성이 공기가 폐로 가득 차오르는 것만 같았다. 살짝 인상을 찌푸리고는 다른 아이들을 따라 화장실로 들어갔다. 배가 살짝 아픈 것 같아 양변기가 있는 칸 앞에 줄을 서서 기다렸다.

드디어 문이 열리는 순간, 메얼린은 흠칫 놀라 한 걸음 뒤로 물러섰다. 화장실 안에 그저께 바닷가에서 만났던 아이가 서 있었다. 자신이 바닷물에서 구해 준 바로 그 아이, 근사하고 탐나는 태블릿을 갖고 있던 그 아이……. 바로 요하난이었다.

"와! 정말 신기하다! 널 또 만났네?"

메얼린이 반가워하며 물었다.

"그런데 여기는 웬일이야? 어제 집으로 돌아갈 거라고 하지 않았니?"

요하난은 잔뜩 겁먹은 눈빛으로 메얼린을 쳐다보았다. 요하난은 덜덜 떨고 있는 데다 코언저리에 피까지 묻어 있었다.

"너, 왜 그래? 괜찮은 거야?"

메얼린이 걱정스레 물었다. 요하난은 고개를 살래살래 흔들었다.

"아니! 괜찮은 게 하나도 없어!"

요하난은 문 쪽을 힐끔 살피더니 머뭇거리며 메얼린에게 물었다.

"나 좀 도와줄래?"

"도와 달라고? 뭘 어떻게?"

메얼린이 되물었다. 주변에 있던 아이들이 무슨 일인가 싶어 호기심 어린 눈으로 바라보았다. 그러자 요하난이 메얼린을 안쪽으로 데리고 들어가 문을 닫았다.

"대체 무슨 일인데 그래?"

메얼린이 다시 묻자 요하난이 나지막이 속삭였다.

"사정이 생겨서 엄마 아빠랑 헤어졌어. 엄마 아빠는 집으로 돌아가셨지만, 나는 길을 잃어버렸고. 근데 수상한 아저씨가 나를 뒤쫓아 왔어. 그 아저씨는 지금 화장실 문 앞에 서 있어. 나를 베를린까지 데려다주겠다고 했지만……, 나는 그 사람을 믿지 않아."

"그래서 도망치려는 거야?"

메얼린이 잠시 무언가를 생각하더니 다시 말을 이었다.

"너도 베를린으로 갈 거라고? 흠, 그러면 우리랑 같이 가자. 우리도 베를린으로 가는 중이거든!"

"그 아저씨가 문 앞을 지키고 있는데 어떻게 빠져나가지?"

"내가 그 아저씨의 시선을 딴 데로 끌어 볼게. 우리 일단 옷부터 바꿔 입자! 그리고 네가 내 안경을 써. 그러면 그 아저씨도 너를 알아보지 못할 거야. 다른 아이들과 함께 우리 버스가 서 있는 데로 달려가서 버스에 타. 아니다! 우리 인솔 선생님이 혹시라도 너를 보면 나중에 문제가 될지도 몰라. 그러니까 짐칸에 몰래 타는 게 더 좋을지도 모르겠다. 물론 그 안이 편하지는 않을 거야. 하지만 베를린까지는 삼십 분도 채 안 걸리니까 그 정도라면 충분히 견딜 수 있을 거야."

요하난이 못내 불안한 얼굴로 메얼린을 바라보며 물었다.

"과연 네 생각대로 잘될 수 있을까?"

"그럼! 내 말대로 한번 해 봐!"

요하난과 메얼린은 티셔츠를 바꿔 입었다. 그런 다음 메얼린은 안경을 벗어 요하난에게 내밀었다.

메얼린은 요하난이 준비를 마치자, 문을 살짝 열고는 슬그머니 밖을 살폈다. 문 앞에는 정말로 아저씨가 서서 화장실 안을 지켜보고 있었다. 길게 심호흡을 한 번 하고는 화장실 입구로 달려가 마치 실수인 척 그 아저씨와 세게 부딪쳤다. 그 충격으로 메얼린은 중심을 잃고 바닥에 넘어졌다. 그 아저씨도 약간 비틀거렸다. 곧이어 메얼린에게 조심해서 다니라며 나무랐다.

"죄송합니다!"

메얼린은 가쁜 숨을 몰아쉬면서 자기가 잘못했음을 순순히 인정했다. 그러면서 곁눈질로 요하난이 다른 아이들과 뒤섞여 버스 쪽으로 달려가는 걸 보았다. 다행히 그 아저씨는 요하난이 아이들 틈에 끼어 있는 걸 눈치채지 못한 것 같았다. 메얼린은 자리에서 일어나며 다시 한 번 사과했다. 다른 아이들은 이미 저만큼 달려가고 있었다. 메얼린도 버스를 향해 힘껏 달려갔다. 운전기사 아저씨가 막 짐칸의 문을 닫고 있었다.

버스는 베를린 원형 교차로에서 러시아워에 걸렸고, 교통 체증을 뚫고 시내까지 들어가는 데 평소보다 훨씬 더 오랜 시간이 걸렸다. 메얼린은 그 시간 내내 안절부절못하며 애꿎은 손톱만 물어뜯었다.

'요하난은 정말로 짐칸에 올라탔을까? 그런데 어쩌다 요하난은 부모님을 잃어버린 거지? 혹시 요하난네 가족이 불법 체류자인 걸까?'

메얼린은 고개를 세차게 흔들고는, 생각을 다른 데로 돌리기 위해 고속도로 양쪽에 우뚝 서 있는 풍력 발전소를 눈으로 헤아렸다. 두 눈을 가늘게 떠 보았지만 안경이 없어서 잘 보이지 않았다. 게다가 햇빛이 반사되면서 풍력 발전소 꼭대기에 달린 날개가 크고 둥글게 퍼져 보이는 바람에 마치 금속 원반으로 이루어진 숲같이 느껴졌다.

메얼린이 풍력 발전소 247개를 셌을 때 버스가 교통 통제 구역에 이르렀다. 버스의 속도가 더 느려졌다. 사람이 살지 않는 조립식 건물들 사이로 소들이 풀을 뜯고 있었다. 이제 도로 양쪽으로 차단벽이 길게 이어졌다. 버스는 빈민가를 지나 도시의 상류층 거주 지역으로 들어섰다.

잠시 뒤 버스는 대형 교차로의 통제 지점을 통과했고, 숲으로 둘러싸인 도로들이 얼기설기 뒤얽힌 프렌츠라우어베르크로 들어섰다. 버스는 곧 공영 주차장에 멈추어 섰다. 메얼린은 곧장 튀어나가 문 앞에 서 있다가, 문이 열리자마자 짐칸 앞으로 달려갔다. 다행히 부모님은 근무 때문에 메얼린을 마중 나올 수 없었다. 운전기사 아저씨가 짐칸 문을 차례차례 열어 주었다. 메얼린은 어지럽게 뒤섞인 크고 작은 가방들 사이를 들여다보았다. 언뜻 아무것도 보이지 않는 듯했지만, 곧 무언가 움직이는 게 보였다. 잠시 후 요하난이 슬그머니 기어 나왔다.

"다시는 저기 안 탈 거야!"

얼굴이 누렇게 뜬 요하난이 끙끙거리며 말했다. 다른 아이들이 깜짝 놀라 요하난을 바라보았다.

운전기사 아저씨가 뒤늦게 요하난을 보고는 소리를 질렀다.

"얘야, 거기 들어가면 안 돼!"

메얼린은 얼른 자기 가방을 끄집어낸 뒤, 요하난의 옷소매를 잡아끌었다.

"죄송해요. 자, 이제 그만 가자!"

메얼린은 인솔 선생님 눈에 발각될까 봐, 서둘러 요하난을 작은 공원으로 데려갔다. 그리고 분수대 가장자리에 걸터앉은 다음, 신발을 벗고 두 발을 물에 담근 채 첨벙첨벙 물을 튀겼다. 잠시 머뭇거리던 요하난도 곧 메얼린을 따라 물장난을 쳤다.

"저기! 저기 좀 봐!"

요하난이 갑자기 소리쳤다. 메얼린은 요하난이 가리키는 쪽을 돌아보고는 말했다.

"아! 여우구나. 여기서는 저런 여우들을 쉽게 볼 수 있어. 쟤들은 쓰레기를 먹으러 내려온 거고. 지금은 마침 청소부들이 파업 중이거든. 여우 말고도 노루며 멧돼지도 종종 나타나곤 해. 그런데 넌 여우를 처음 본 거야? 왜 그렇게 놀라? 난 너도 베를린에

사는 줄 알았는데."

요하난은 선뜻 대답을 못 하고 머뭇거리다 한참 만에 입을 열었다.

"맞아! 원래는 나도 베를린에 살고 있어."

"원래는? 그건 또 무슨 말이야? 너 혹시……, 불법 체류자야?"

"불법 체류자?"

"그러니까 내 말은 합법적인 신분증이나 체류 허가증 없이 여기에 머물고 있는 거냐고? 어쨌거나 네 가족 얘기는 다른 사람들한테는 절대 하지 않을게. 실은 내 친구 아카샤도 불법 체류자거든. 그러니까 솔직하게 말해 봐. 나한테는 숨길 필요 없으니까."

메얼린은 요하난의 얼굴을 빤히 바라보면서 다시 물었다.

"너, 사실은 여기 살고 있는 거 아니지? 그렇지?"

요하난은 고개를 끄덕였다.

"그런데 독일어를 어떻게 그렇게 잘해? 말하는 걸로 봐서는 전혀 난민 같지가 않아."

"난민? 무슨 난민?"

메얼린은 요하난을 의심스런 눈초리로 쳐다보았다.

"그거야 당연히 기후 난민이지."

요하난은 기후 난민이라는 말을 전혀 이해하지 못하는 눈치였다. 메얼린은 고개를 갸우뚱거리며 다시 물었다.

"기후 난민 몰라? 대홍수로 고향을 잃어버린 사람들을 말하는 거잖아! 넌 대체 어디서 살다 온 거야? 달나라에서 온 거야?"

요하난은 뭔가 말을 하고 싶어 하는 눈치였다. 하지만 결국 아무 말도 하지 않았다. 메얼린이 어깨를 으쓱해 보이며 물었다.

"그런데 네 엄마 아빠는 지금 어디에 계신 거야?"

요하난은 여전히 아무 말도 없었다. 메얼린은 그런 요하난이 답답하기만 했다.

"이제 보니 완전 신비주의구나? 그래, 알았어. 네 비밀을 혼자서만 간직하고 싶으면 그렇게 해. 어차피 네 일이니까. 나는 이제 그만 갈래. 참, 우리 티셔츠 원래대로 바꿔 입자."

그 말에 요하난은 깜짝 놀란 눈빛으로 주위를 둘러보았다. 메얼린이 한숨을 내쉬며 재촉했다.

"어서 내 티셔츠 돌려 달라고! 네 옷에서 냄새나!"

잠시 머뭇거리던 요하난은 입고 있던 티셔츠를 머리 위로 벗었다. 그 바람에 바지 주머니에 꽂혀 있던 무언가가 바닥으로 툭 떨어졌다. 메얼린은 허리를 굽혀 땅에 떨어진 것을 주워 들었다. 검정색 선글라스였다. 선글라스를 유심히 들여다보던 메얼린이 깜짝 놀라 물었다.

"이거 혹시 컴퓨터 안경 아니니? 이렇게 비싼 물건을 어떻게 갖고 있는 거야?"

"그 선글라스는 나를 뒤쫓아 왔던 아저씨 거야."

"그럼 네가 이 선글라스를 훔친 거야?"

"아니, 그게……. 결국은 훔친 거나 마찬가지네. 선글라스를 그 아저씨 차에서 발견하고 살펴보는 중이었어. 그런데 그 아저씨가 갑자기 차로 돌아오는 바람에 엉겁결에 주머니에 집어넣었던 거야. 내가 그 선글라스를 보았다는 사실을 그 아저씨가 알면 안 되거든. 그러니까 일부러 훔친 건 아니라고."

메얼린이 어이없다는 표정을 지으며 물었다.

"그러니까 넌 알지도 못하는 사람의 자동차에 올라탔다는 말이지? 정신 나간 거 아니야?"

"그럼 너라면 어떻게 했을 거 같은데? 나는 길을 잃었다고! 지긋지긋한 숲과 무너진 건물들 말고는 아무것도 없는 곳에서 말이야. 게다가 모기떼는 마치 날 잡아먹고야 말겠다는 듯이 달려들었어!"

요하난이 메얼린에게 팔을 쑥 내밀었다. 팔은 온통 모기에 물려 빨갛게 부어오른 자국들로 가득했다.

"옷은 비에 흠뻑 젖어서 그렇고. 게다가 이틀 동안 거의 먹지 못했어! 난 거기서 빠져나올 수 있다는 사실만으로도 기뻤다고. 더군다나 나는 베를린으로 꼭 와야만 했거든."

여태껏 무슨 일이 있었는지 한마디도 하지 않던 요하난이 갑자기 신들린 것처럼 한꺼번에 말을 쏟아 내자 메얼린은 깜짝 놀랐다.

"그래그래, 무슨 말인지 알겠어. 그러니까 진정해! 마치 무슨 동화 속에서나 나오는 모험을 한 것 같구나."

메얼린은 이렇게 말하며 요하난에게 선글라스를 돌려주었다.

"어쨌거나 네가 바라던 대로 베를린에 왔으니 정말 다행이다. 그런데 이제 어떡할 거야?"

"나도 몰라."

요하난은 짧게 대답하고는 분수대를 가만히 바라보았다. 메얼린은 요하난의 침묵에 정말이지 넌더리가 났다. 벌떡 일어나서 요하난을 다그쳤다.

"나도 더 이상은 못 참겠어. 대체 무슨 일이 있었던 건지 속 시원하게 이야기해 봐. 아니면 진짜로 집에 갈 거야."

요하난은 메얼린을 잠시 동안 물끄러미 쳐다보았다. 결국 고개를 끄덕이며 말했다.

"알았어. 그렇게 할게. 하지만 지금 여기서 말고 나중에……. 우리 둘만 있는 데서 이야기해 줄게."

"지금도 우리 둘뿐이잖아!"

"여기서는 아니야."

요하난이 공원 가로등에 달린 시시 티브이 카메라를 턱으로 가리키며 말했다.

"우리를 지켜보는 사람이 아무도 없다는 확신이 들 때 다 말해 줄게."

'그래, 불법 체류자인 게 분명해.'

메얼린은 속으로 이렇게 생각하며 다시 물었다.

"그런데 너네 엄마 아빠는 어디로 가신 거니?"

잠시 머뭇거리던 요하난이 말했다.

"일요일에 엄마 아빠를 다시 만날 거야. 그날 밤 12시에 브란덴부르크 문에서. 그때까지는 어딘가에 숨어 있어야만 해."

요하난의 이야기는 점점 더 흥미진진해졌다. 메얼린은 도대체 무슨 일이 있었던 건지 듣고 싶어서 안달이 날 지경이었다.

"그러면 나랑 같이 우리 집으로 가자. 우리 부모님은 하루 종일 일만 하셔. 그러니까 아무도 귀찮게 하지 않을 거야."

메얼린의 머릿속에 문득 동생 미하엘이 떠올랐다.

'미하엘이 돌봄 교실에 가 있는 동안만큼은……'

"정말로 그래도 될까?"

요하난이 조심스럽게 물었다.

"그럼, 당연하지! 그러니까 우리 집에 가서 다 말해 줘!"

"내가 다 말한다 해도 너는 어차피 내 말을 믿지 못할 거야."

"그래? 그거야 두고 보면 알겠지."

메얼린네 집은 그리 멀지 않은 곳에 있었다. 노란색 페인트칠이 돼 있는 꽤 오래된 건물로, 자그마한 발코니에 화초들이 오밀조밀 모여 있었다.

　메얼린은 요하난과 함께 계단을 올라가 초록색 문 앞에 섰다. 손을 생체 정보 스캐너 위에 내려놓자 문이 스르르 열렸다. 메얼린은 문으로 들어서기 전에 요하난에게 주의를 주었다.

　"딱 하나, 내 동생만 조심하면 돼. 동생이 집에 와서 너를 보면, 분명 엄마 아빠한테 고자질할 거거든."

　"너, 동생도 있어?"

　요하난이 깜짝 놀라며 묻자, 메얼린이 코끝을 찡그려 인상을 쓰며 대답했다.

　"응, 유감스럽게도."

　"우리는 가족당 아이를 딱 한 명밖에 가질 수 없는데……."

　"그럼 오히려 좋은 거지! 나는 늘 동생을 돌봐 줘야 해. 게다가 동생은 걸핏하면 내 일에 참견을 한다고."

　메얼린과 요하난은 널찍한 대리석 계단을 지나 환한 집 안으로 들어섰다. 컴퓨터 음성이 둘을 반갑게 맞이했다.

"메얼린, 어서 와! 오늘은 좀 늦었구나."

"응, 좀 늦었어."

메얼린은 건성으로 대답을 하고는 가방을 아무렇게나 휙 집어 던졌다. 옷걸이에 걸려 오도 가도 못 하는 청소 로봇을 발로 툭 차서 다시 돌아다니게 해 주었다.

"이리로 따라와!"

메얼린이 주위를 둘러보는 요하난을 불러 복도로 향했다. 복도에는 늑대 포스터가 걸려 있었고, 그 옆 메모판에는 동물과 아이들 사진이 여러 장 붙어 있었다. 그중에는 새끼를 데리고 길을 건너는 야생 멧돼지 사진도 있었고, 사람들이 다니는 보도 한가운데에서 잠이 든 여우 사진도 있었다. 메얼린이 사진을 하나하나 가리키며 설명해 주었다.

"우리 엄마는 기자야. 그리고 지금은 도시에 나타난 야생 동물들에 관한 기사를 쓰고 계셔."

요하난이 고개를 끄덕이며 물었다.

"그럼 아빠는 뭐 하시는데?"

"아빠는 동물원에서 일하셔. 늑대 연구소를 운영하고 있기도 하시지. 그래서 우리 집에 디바를 데려올 수 있었던 거야. 디바, 너도 기억나지? 사파리 공원에서 봤던 늑대 말이야. 어떤 못된 사냥꾼이 디바의 엄마 아빠를 총으로 쏴 죽인 거야. 산림 감시원이 그곳으로 달려갔을 때는 새끼들 중에 디바만 살아 있었대."

잿빛 줄무늬가 있는 고양이 한 마리가 소리 없이 다가오더니, 메얼린의 다리에 가볍게 몸을 문질렀다. 요하난은 겁을 내며 슬그머니 물러섰다. 메얼린이 싱긋 웃으며 말했다.

"괜찮아. 겁먹지 마! 얘는 그냥 고양이일 뿐이야. 너, 혹시 고양이를 무서워하는 건 아니지?"

"아니."

요하난은 대답은 그렇게 하면서도 고양이와 일정한 거리를 두려 애썼다.

"너네 집에서는 애완동물 안 키워?"

메얼린이 묻자 요하난이 고개를 저으며 대답했다.

"응, 애완동물이나 가축을 키울 순 없어. 그런데 저 고양이는 무얼 먹고 사니?"

"그거야 당연히 고양이 사료지!"

"고양이 사료? 그런 건 죽은 동물로 만드는 거 아닌가?"

"응, 맞아. 그런데 그게 뭐 어때서?"

"우리는 그런 건 안 먹거든."

메얼린이 의아한 얼굴로 물었다.

"그럼 너 채식주의자야?"

요하난은 고개를 저으며 말했다.

"꼭 그런 건 아니야. 어쨌든 너는 이해 못 할 수도 있지만, 동물을 먹는다는 건……. 어휴! 생각만 해도 끔찍하다. 우리가 사는 곳에서는 아무도 동물을 먹지 않아."

"그렇구나. 어쨌거나 그렇다는 걸 미리 알아서 다행이다."

메얼린이 부엌으로 들어가면서 말했다.

"안 그랬으면, 너에게 소시지 빵을 만들어 주려던 참이거든."

메얼린은 간단하게 식사를 하고 나서 요하난을 데리고 자기 방으로 갔다. 요하난은 방에 들어서자마자 멈춰 섰고, 메얼린은 그런 요하난을 만족스러운 표정으로 지켜보았다. 메얼린 집에 처음 놀러온 친구들은 대부분 그렇게 행동했다. 메얼린 방은 천장이 아주 높았고, 방 한쪽으로는 오렌지색 커튼이 드리워진 높지막한 다락방이 있었다.

메얼린의 침대는 바로 그곳에 놓여 있었다. 종이며 옷가지며 온갖 잡동사니로 가득 덮인 방바닥을 제외하면 다락방은 텅 비어 있었다. 다락방 아래에는 새빨간 문이 달린 벽장이 있었고, 책이 가득한 책장 앞에 설치된 사다리 계단 바로 옆으로는 천장에서 내려온 밧줄이 매달려 있었다. 그리고 집 밖에 서 있는 자작나무 꼭대기가 바로 보이는 창문 앞에는 큼지막한 소파가 놓여 있었다.

"네 방 정말 근사하다! 잠은 저 위에서 자는 거야?"

요하난이 감탄하며 물었다. 메얼린은 의기양양한 표정으로 고개를 끄덕인 뒤, 벽에 달린 콘솔로 다가가 음악을 틀었다.

"이렇게 하면 아무도 우리 얘기를 듣지 못할 거야."

메얼린이 그렇게 말하며 소파에 털썩 앉았다. 호기심 가득한 표정으로 요하난을 쳐다보았다.

"자, 이제는 정말 우리 둘밖에 없어. 그러니까 얼른 이야기를 시작해 봐!"

요하난은 입술을 잘근 깨물었다가 입을 열었다.

"그래, 알았어. 우리 엄마 아빠가 사라졌다는 건 너도 이미 들어서 알고 있지?"

메얼린이 얼른 대답했다.

"응, 그건 나도 알아. 그리고 네가 이번 일요일 날 밤에 브란덴부르크 문에 가야 한다는 것도."

요하난은 메얼린의 두 눈을 가만히 바라보다가 팔뚝 안쪽이 보이게끔 손바닥을 돌렸다. 요하난의 하얀 피부 위에서 낯선 문양이 그려진 문신이 반짝거렸다.

"내가 어디서 왔냐고? 네가 던지는 질문은 사실 어디가 아니라 어느 시대에서 시작해야 해."

요하난은 찬찬히 이야기를 늘어놓았다. 메얼린은 요하난의 얘기를 듣는 내내 입을 다물지 못했다.

"세상에! 믿기지가 않아. 대단해! 마치 공상 과학 영화에서나 나오는 이야기 같아!"

"그럴 수도 있겠지. 하지만 막상 그 일을 직접 겪은 사람한테

는 그리 근사한 이야기만은 아냐."

요하난의 아랫입술이 바르르 떨렸다. 메얼린은 요하난이 터져 나오려는 울음을 억지로 참고 있다는 걸 알았다.

"미안. 그런 뜻으로 말한 건 아니야. 난 단지 네가 2120년에서 왔다는 사실이 놀랍고 신기해서⋯⋯. 그런 일은 공상 과학 영화에서나 나오는 일이거든. 어쨌거나 미래 사람들은 어떤 모습으로 살고 있는지 궁금해. 얘기 좀 해 봐. 자동차가 막 날아다녀? 외계인도 있고?"

요하난은 고개를 가로저었다. 코를 훌쩍거리며 손으로 눈가를 한번 쓱 훔치고는 팔짱을 낀 채 방바닥을 가만히 응시했다.

"너한테 이런 이야기를 해서는 안 되는 건지도 몰라."

"무슨 소리야! 걱정 마. 아무한테도 얘기하지 않을게. 그리고 내가 널 도울 수도 있을 거야."

메얼린이 자신 있게 말했다. 하지만 여전히 요하난은 심각한 얼굴로 중얼거리듯 말했다.

"이젠 어차피 상관없어. 사실 나는 너랑 이야기를 나누면 안 돼. 그렇게 하면 미래가 바뀔 수도 있대. 어쩌면 나는 집으로 돌아갈 수 없을지도 몰라."

메얼린은 너무 놀라 아무 말도 할 수 없었다. 잠시 후 조심스럽게 입을 열었다.

"그러니까 네 말은 단지 나랑 이야기를 나눈 것만으로도 미래가 바뀐다는 거야?"

요하난은 고개를 끄덕였다.

"수학자인 우리 엄마가 그렇다고 했어. 시간은 마치 진주알을 꿰어 놓은 줄과 같대. 그 줄을 잡아당겨 늘이면 진주알이 조금씩 옆으로 미끄러지면서, 그만큼씩 미래로 여행을 할 수 있는 거고, 줄을 묶어 고리를 만들면 진주알이 뒤로 밀리면서 그만큼씩 과거로 여행을 할 수 있는 거래. 줄이 얽히지만 않으면 시간 여행에 큰 문제는 없대. 시간 여행을 떠난 사람이 자기 부모나 친척을 만날 수도 있다는 거지."

메얼린에게 문득 한 단어가 떠올랐다.

"그래, 할아버지 패러독스! 나도 언젠가 그런 내용의 글을 읽어 본 적이 있어! 예를 들어 어떤 사람이 과거로 시간 여행을 떠나 그곳에서 자기 할아버지를 만나 죽이게 되면, 애당초 그 사람의 아버지는 세상에 태어나지 못하게 되는 거고, 따라서 그 사람도 존재하지 않게 된다는 말이잖아!"

"그래, 맞아!"

"그런 경우에 과거로 시간 여행을 떠난 사람에게는 어떤 일이 벌어지는 걸까? 그 사람은 이미 분명히 존재하고 있는 거잖아?"

"나도 그렇게까지 세세하게 알지는 못해. 단지 그렇게 해서 일종의 평행 우주가 생겨나는 거라고만 들었어. 첫 번째 줄 옆에 다른 미래를 가진 두 번째 줄이 생겨나는 거지. 그런 위험이 있기 때문에 가족들은 시간 여행을 꼭 함께 떠나야만 하는 거래."

메얼린과 요하난은 어쩌면 엄청나게 위험한 상황이 벌어질 수도 있다는 사실을 깨닫고는 한동안 입을 다물었다.

"그래도 너네 부모님은 네가 어디 있는지 알고 계신 거잖아?"

메얼린이 침묵을 깨고 요하난에게 물었다.

"응, 그래서 나는 엄마 아빠가 데리러 오기만을 기다리는 거고. 어쨌거나 나는 일요일 밤 12시에 브란덴부르크 문 앞에 가 있어야만 해."

메얼린이 고개를 끄덕였다.

"당연히 그래야겠지. 내가 너를 도와줄게."

요하난이 메얼린을 바라보며 조심스럽게 물었다.

"그때까지 내가 여기에 있어도 될까?"

"물론이지! 내 방에 숨어 있으면 돼. 먹을 건 내가 가져다줄게. 네가 소리만 내지 않으면 아무도 눈치채지 못할 거야."

"그거야 당연히 그럴 수 있지."

요하난은 한시름 놓았다는 표정으로 밝게 대답했다.

"이제 일요일까지 이틀 남았구나. 그사이 낮 동안에는 슬그머니 밖에 나가 있자고."

메얼린이 갑자기 생각났다는 듯 물었다.

"그런데 솜니아베론가 뭔가 하는 것은 어떡하지? 시간 여행을 하려면 그게 꼭 있어야만 하는 거 아냐?"

"맞아! 솜니아베로가 없으면 시간 여행을 할 수가 없어. 내 생각에는 엄마 아빠가 나를 데리러 오면서 가져오실 거 같아. 물론 제일 좋은 건 잃어버린 내 배낭을 도로 찾는 거지만. 배낭을 버스에 놓고 내렸으니 어쩔 수 없지, 뭐."

"그럼 그 배낭 안에 네 물건들도 다 들어 있는 거야?"

"응. 내 태블릿, 홀로그래피 장갑, 그리고 솜니아베로까지 다 들어 있었어. 다행히 레이저 칼은 바지 주머니에 넣어 둔 덕분에 지금도 갖고 있고."

요하난이 주머니에서 자그마한 물건을 꺼내 무언가를 누르자 푸른빛이 감도는 광선 칼날이 툭 튀어나왔다.

"와, 진짜 멋지다!"

메얼린이 탄성을 내질렀다.

"여기는 이런 칼 없어?"

요하난이 묻자 메얼린이 고개를 저으며 말했다.

"내가 알기로는 아직 없어. 한번 만져 봐도 돼?"

요하난이 고개를 끄덕이며 말했다.

"그럼! 하지만 조심해야 돼. 칼날이 엄청 예리하거든. 이 레이저 칼은 시간 여행을 떠나기 며칠 전에 어떤 할아버지가 선물한 거야. 그 할아버지는 어쩌면 이 칼이 나를 구할지도 모른다고 했어. 그리고 보니 나무에 화살표를 그리고, 숲에서 비를 피해 숨어들었던 폐허에서 통조림 깡통을 열 때 말고는 이 칼을 제대로 써 본 적이 없네. 그런데 그 통조림 속에 들어 있던 수프는 진짜로 맛이 없더라!"

메얼린이 짓궂은 표정을 지으며 말했다.

"모르긴 몰라도 그 통조림 깡통 안에는 죽은 물고기가 들어 있었을걸!"

요하난이 인상을 잔뜩 찌푸리며 대꾸했다.

"어차피 그 깡통은 맛만 보고 버렸으니까 상관없어. 그때까지만 해도 배가 그렇게 고프지는 않았거든."

"그런데 왜 고기를 안 먹는 거야?"

요하난이 어깨를 으쓱해 보이며 대답했다.

"그냥. 동물을 먹는다는 건 생각만 해도 끔찍해. 설사 먹고 싶다 해도 어차피 먹을 동물이 없지만."

메얼린은 그렇게 말하는 요하난의 얼굴을 물끄러미 바라보았다. 고기를 안 먹는 것에 대해 더 얘기를 나누고 싶었지만, 요하난은 내켜 하지 않는 눈치였다.

"그런데 저건 뭐야?"

메얼린이 요하난 옆에 있는 기계 장치를 가리켰다.

"이건 버스에서 사용하던 내비게이션이야. 상당히 구식이긴 하지만, 숲에서 시간의 문을 찾아가는 데 사용하려고 갖고 내린 거야. 단지 찾기 게임을 할 때처럼 말이야. 참, 단지 찾기 게임이 뭔지 알아?"

메얼린은 무슨 말인지 모르겠다는 듯 고개를 갸우뚱거렸다.

"일종의 보물찾기 같은 거야. 누군가가 주거 단지 공원에다 메시지를 숨겨 놓는 거지. 그러면 다른 누군가가 그 지점의 좌표를 받아서 숨겨 놓은 메시지를 찾아내는 거고."

메얼린이 이제 알았다는 듯 말했다.

"그거랑 비슷한 게임은 여기도 있어. '지리 찾기'라고 하는데, 좌표를 온라인으로 구하고 야외에서 게임을 한다는 점이 다르지만."

"그게 훨씬 더 재미있겠다!"

메얼린은 갈릴레오를 손에 들고는 이리저리 돌려보았다. 갈릴레오의 화면이 희미하게 켜져 있었다.

"배터리를 빼 놓는 게 좋지 않을까? 이렇게 켜 두면 배터리가 다 닳고 말 테니까. 어쩌면 나중에 갈릴레오가 또 필요한 상황이 생길지도 모르잖아."

"그래, 그렇게 하는 게 좋겠다."

요하난이 동의하자, 메얼린이 배터리 상자 뚜껑을 열고 그 안에 있던 배터리를 빼냈다. 그러다가 배터리 상자 안쪽에 붙어 있는 자그마한 장치를 발견했다. 그 장치에서 오렌지색 빛이 깜박거리고 있었다.

"이게 뭐지?"

"글쎄, 나도 모르겠는데. 원래부터 이 안에 있던 건가? 혹시 끌 수도 있어?"

"응, 그런 거 같아. 여기 버튼이 있네."

메얼린이 버튼을 누르자 불빛이 꺼졌다.

"갈릴레오를 다시 켤 때 이 장치도 켜야 한다는 걸 잊지 말자고. 나중에 다시 사용할 때를 대비해서 배터리도 챙겨 놓고. 음, 아예 봉지에 함께 담아 두는 게 좋겠어."

메얼린은 봉지를 가지러 부엌으로 갔다가 돌아왔다. 요하난은 컴퓨터 선글라스를 쓴 채 고개를 이리저리 돌려 보고 있었다.

"이 선글라스는 온도 탐지기야! 이걸 쓰고 있으면, 어디가 차갑고 어디가 따뜻한지가 보여. 지금 너는 아주 알록달록하게 보

이네. 저 창문은 새빨갛게 보이고."

"이리 줘 봐!"

요하난은 선글라스를 벗어 메얼린에게 건네주었다.

"정말 그렇다! 그런데 그 아저씨는 이걸 뭐 하는 데 썼을까?"

"음, 사람들을 감시할 때 유용할 거 같은데? 특히 아무것도 보이지 않는 깜깜한 밤에 말이야."

"네 말은 그 아저씨가 이 선글라스를 쓰고 너희 일행을 추적했다는 거야?"

"맞아! 우리는 그 아저씨와 세 번이나 마주쳤어. 사파리 공원, 바닷가, 그리고 숲 속에서. 단순히 우연이었다고 보긴 어려워. 이상하지 않아?"

“응, 네 말이 맞는 것 같다.”

메얼린은 선글라스를 벗어 들고는 꼼꼼히 살폈다.

“여기 버튼이 달려 있어!”

메얼린이 버튼을 누르자, 안경다리 쪽에 빨간 불이 들어오며 깜박거리기 시작했다.

“어! 네가 보여!”

메얼린이 깜짝 놀라 소리쳤다.

“당연하지! 그건 안경이잖아!”

“내 말은 그게 아니고……, 이것 좀 봐!”

검정색 선글라스의 안경알이 초소형 화면으로 바뀌어 있었다. 그 위에는 자그마한 사진들이 촘촘히 떠 있었다. 바로 요하난과 가족들의 사진이었다.

요하난은 화가 나서 큰 소리로 말했다.

“도무지 이해할 수가 없어. 이건 우리가 시간 여행을 온 지 얼마 안 됐을 때 찍힌 사진들이야. 그 아저씨는 뭘 노리고 우리를 뒤쫓은 걸까?”

“뭐가 있는지 어디 한번 살펴보자.”

메얼린이 자그마한 버튼을 다시 한 번 눌렀다.

“여기, 파울루스 박사란 사람의 간단한 이력이 쓰여 있어.”

메얼린이 화면에 떠오른 글을 소리 내어 읽어 주었다.

“파울루스 박사는 1971년에 태어났다. 이론 물리학자로 웜홀

(우주 공간에서 블랙홀과 화이트홀을 연결하는 통로를 의미하는 가상의 개념)과 타키온(빛의 속도보다 빠른 속도를 가지는 가상의 원자 구성 입자)으로 인해 생겨날 수 있는 시간 패러독스에 관한 독창적인 논문을 다수 발표했다. 또한 외래 물질에 큰 관심을 갖고 연구에 몰두하고 있다. 현재는 베를린공과대학교 천체 물리학 연구소에서 일하고 있다."

메얼린과 요하난은 서로의 얼굴을 바라보았다.

"물리학자였어!"

요하난의 말에 메얼린도 고개를 끄덕였다.

"그렇다면 그 아저씨가 너와 네 가족을 뒤쫓는 게 전혀 이상할 게 없지. 너희 가족을 통해 시간 여행이 어떻게 가능한지 알아내려는 걸 거야!"

"뭐 또 다른 정보 없어?"

"잠깐만. 이메일 같은 걸 저장해 놓았는지 찾아보자."

요하난은 바짝 긴장한 얼굴로, 메얼린이 컴퓨터 선글라스의 프로그램을 여는 모습을 지켜보았다. 마침 새로 도착한 이메일이 있었다.

배낭 도착. 병 안에 든 액체의 성분을 분석하기 시작함. 구성 성분이 매우 복잡해서 제법 시간이 걸릴 듯. 도착 시간은?

메얼린과 요하난은 서로의 얼굴을 다시 한 번 바라보았다.

"너도 지금 같은 생각 하고 있는 거 맞지?"

메얼린이 묻자 요하난이 천천히 고개를 끄덕였다.

"아무래도 그 아저씨가 내 솜니아베로를 갖고 있는 것 같아. 버스에 있던 내 배낭을 가져간 게 분명해."

"그렇다면 우리가 그 아저씨에게서 솜니아베로를 도로 가져와야만 해!"

"하지만 어떻게?"

바로 그때, 현관문에서 초인종 누르는 소리가 들려왔다. 두 아이는 깜짝 놀라 자리에서 벌떡 일어났다. 메얼린이 "끙!" 하고 신음 소리를 내며 나지막이 속삭였다.

"내 동생 미하엘이 분명해. 얼른 벽장에 숨어!"

메얼린이 벽장문을 열자, 요하난이 그 안으로 재빨리 들어가 몸을 숨겼다. 메얼린은 방문을 걸어 잠갔다. 곧이어 컴퓨터 음성이 들려왔다.

"어서 와."

"그래애애애애!"

미하엘이 대꾸하며 복도를 달려오는 소리가 들렸다. 곧 메얼린의 방문을 부서져라 꽝꽝 두드려 대며 소리쳤다.

"형! 우리가 이겼어! 내가 세 골이나 넣었다고! 그런데 문은 왜 잠갔어? 어서 열어 봐!"

미하엘이 소리치며 손잡이를 마구 흔들어 댔다.

"여긴 내 방이야! 너는 출입 금지고. 어서 네 방으로 가!"

메얼린은 음악을 크게 틀었다.

"아빠가 한 말 기억 안 나? 내가 집에 돌아온 뒤에는 같이 놀아 줘야 한다고 했잖아!"

"이 바보야! 너는 바로 또 약속이 있잖아! 벌써 잊어먹었어? 얼른 가서 계획표 좀 봐!"

미하엘은 쏜살같이 문 앞에서 사라졌다. 잠시 뒤 부엌에서 시끄러운 소리가 들려왔다. 미하엘이 찬장에서 초콜릿을 찾는 게 틀림없었다. 메얼린은 슬슬 짜증이 치밀었다. 미하엘이 초콜릿을 다 먹어 치우고 나면 엄마 아빠한테 자신이 대신 혼날 게 뻔했다. 메얼린은 문에 바짝 붙어 선 채 밖에서 들려오는 소리에 귀를 기울였다. 아무 소리도 들리지 않았다. 메얼린은 잠금 장치를 풀고 문을 활짝 열었다. 미하엘이 초콜릿을 다 먹어 치우기 전에 말리기 위해서였다. 순간, 미하엘이 방 안으로 쏘옥 들어오면서 혀를 날름 내밀었다.

"속았지롱!"

미하엘은 호기심 어린 눈으로 방 안을 둘러보았다.

"어서 나가!"

메얼린이 한껏 까칠한 목소리로 소리쳤다. 미하엘은 들은 척도 하지 않으며 비꼬듯 말했다.

"형이 벌써 방 안을 다 정리해 놨을 거라고 생각했는데……. 근데 누가 놀러 왔어?"

"아니, 왜?"

"현관 앞에 낯선 신발이 있어서."

"아니. 놀러 온 친구 없어. 그리고 설사 있다 하더라도 너랑은 전혀 상관없는 일이고."

미하엘이 고개를 갸우뚱하며 말했다.

"난 그냥 물어봤을 뿐이야. 그리고 아빠가 형이 없을 때는 침대에 올라가서 놀아도 된댔어."

"하지만 지금은 내가 있잖아. 그러니까 잔말 말고 얼른 나가."

미하엘은 여전히 나가지 않고 꾸물거렸다.

"그만 나가라고!"

메얼린이 짐짓 화난 듯이 소리를 질렀다. 하지만 예상했던 대로 미하엘은 들은 체도 하지 않았다. 마음 같아서는 한 대 쥐어박고만 싶었다. 그러면 또 아빠에게 고자질할 게 분명했다. 메얼린은 부아가 치밀어 올라 주먹을 불끈 쥐었다. 어떻게 해서든 미하엘을 방에서 내쫓아야 했다.

"아무래도 누가 놀러 온 것 같은데……. 혹시 저 안에다가 숨겨 놓은 거 아냐?"

미하엘이 다락방 쪽으로 한 걸음 다가가며 물었다.

"헛소리 좀 그만해!"

메얼린은 미하엘을 쫓아낼 방법을 재빨리 궁리했다.

"너, 배 안고파?"

메얼린은 미하엘이 그렇다고 대답해 주기를 기다렸다. 하지만 미하엘은 천연덕스럽게도 이렇게 말했다.

"돌봄 교실에서 벌써 먹었어."

"하지만 푸딩을 먹은 건 아니잖아? 막 푸딩을 만들어 먹으려던 참이거든. 너도 먹을래?"

미하엘은 메얼린을 미심쩍은 눈으로 쳐다보았다. 메얼린은 그러거나 말거나 부엌 쪽으로 걸어 나갔다.

"좋아. 나도 먹을래."

미하엘은 그렇게 대답하면서도 뭔가가 의심스러운지 방 안을 한 번 더 둘러본 다음, 메얼린을 따라 부엌으로 갔다.

삼십 분쯤 후, 옆집 아주머니가 찾아왔다. 아주머니 아들도 아홉 살로 미하엘과 동갑이었다. 두 아이는 종종 함께 놀곤 했다. 미하엘이 현관 쪽으로 달려가자, 메얼린은 안도의 한숨을 내쉬었다. 미하엘이 집 밖으로 놀러 나갔다는 확신이 들자, 메얼린은 비로소 자기 방으로 돌아갔다. 방으로 들어서면서 미하엘과 신경전을 벌이는 동안, 요하난이 꼼짝 않고 있었던 걸 떠올리며 빙그레 미소를 지었다. 그때 문득 이상하단 생각이 들었다.

'그런데 왜 지금까지도 가만히 있는 거지?'

메얼린은 문을 열어 어두운 벽장 속을 들여다보았다. 요하난

은 벽장 안쪽에 있는 푹신한 빨간색 쿠션 위에 누워 잠이 들어 있었다. 밖에서 들려오는 시끄러운 소리에도 불구하고, 어둡고 푸근한 벽장 안에서 곤히 잠이 든 것이었다. 메얼린은 미소를 지으며 소리 나지 않게 벽장문을 살며시 닫았다.

요하난은 저녁때까지 계속 잠을 잤다. 메얼린이 중간에 한 번 스파게티를 들고 와 벽장문을 열었지만, 요하난은 여전히 잠에서 깨어나지 않았다. 메얼린은 몸을 웅크리고 입을 반쯤 벌린 채 옆으로 누워 자는 요하난을 물끄러미 바라보았다. 요하난의 목에 기묘하게 생긴 천사상이 매달려 있었다. 그것은 홀로그램 플레이어였다. 메얼린 엄마가 가지고 있는 홀로그램 플레이어는 책상만큼이나 컸다.

메얼린은 조용히 문을 닫고 나와 부엌에 있는 엄마에게로 샀다. 아빠는 오늘도 야근을 하는지 아직까지도 집에 오지 않았다.

"그새 다 먹었어?"

생각에 빠져 있던 엄마가 건성으로 물었다.

"네."

메얼린은 접시를 내려놓으며 물었다.

"미하엘은 아직도 옆집에서 놀고 있어요?"

"응, 옆집에서 지금 저녁 먹고 있대."

"미하엘이 자꾸 귀찮게 굴어요."

메얼린이 투덜거리자 엄마가 한숨을 내쉬며 말했다.

"동생이니까 네가 이해해 줘야지."

"당연히 그러죠. 아까 낮에는 푸딩도 만들어 주었다고요. 그런데도 자꾸 성가시게 해요."

"늘 그러는 건 아니잖아. 가끔씩 그러는 것뿐이지. 참, 여행은 어땠니?"

엄마가 웃으며 말했다.

메얼린은 엄마에게 여행 가서 있었던 일들을 들려주었다. 하지만 엄마는 다른 생각에 빠져 건성으로 듣고 있었다. 얼마 안 있어 미하엘이 집으로 돌아왔고, 메얼린은 자기 방으로 돌아왔다. 요하난은 여전히 자고 있었다. 메얼린은 잠자리에 들 준비를 하고서 다락방 침대로 올라가 책을 읽기 시작했다.

엄마가 잠자러 가기 전에 메얼린의 방문을 살짝 열어 보았다.

"엄마는 내일 아침에 편집 회의가 있어서 일찍 나갈 거야."

"네, 알았어요."

"미하엘도 친구네 집에 놀러 간다고 했어. 내일은 너도 편히 쉴 수 있을 거야."

엄마가 잠시 머뭇거리다 말을 이었다.

"혹시나 싶어서 말해 두는 건데, 밖에 나갈 땐 항상 조심해야 한다. 베를린 시내에 늑대가 나타나서 돌아다니고 있거든."

"늑대요?"

"그래, 늑대 한 마리가 잔뜩 독이 오른 채 돌아다니고 있대. 어쨌거나 늑대가 사람들이 살고 있는 시내까지 들어왔다는 건 심상치 않은 일이지. 벌써 세 차례나 늑대를 봤다는 신고가 들어왔대. 그중 한 번은 바로 우리 동네 앞 프리드리히스하인 공원에서 목격되었고. 아마도 길고양이들을 쫓아 여기까지 왔나 봐. 아빠는 며칠째 잠도 못 자고 그 늑대를 쫓고 계셔. 늑대의 특성상 해가 지고 난 다음이 문제이긴 하지만, 그래도 혹시 모르니까 너도 항상 조심해."

"네, 조심할게요."

"늦어도 저녁 8시 전에는 집에 들어와야 해. 알았지?"

"예, 알았다고요! 저는 애기가 아니라고요!"

메얼린이 짜증 섞인 목소리로 대답하자 엄마가 빙그레 웃었다.

"그거야 엄마도 잘 알지. 네가 누군데? 바로 우리 큰아들이잖아. 그래도 조심해야 한다. 알았지?"

엄마가 메얼린을 향해 한쪽 눈을 찡긋하고는 문을 닫았다.

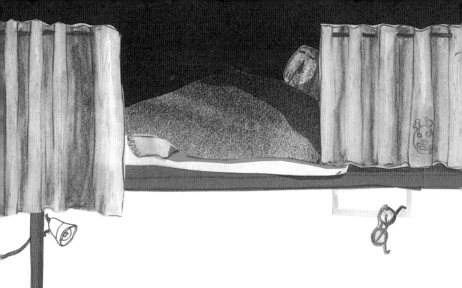

다음 날 아침, 잠에서 깬 메얼린은 어제 일어난 일이 모두 꿈처럼 여겨졌다. 하품을 하며 벽에 걸린 시계를 봤다. 벌써 9시가 지나 있었다. 엄마와 미하엘은 이미 나가고 없었다. 다행이었다.

메얼린은 졸린 눈을 비비며 밧줄을 잡고 침대 아래로 뛰어내려 화장실로 갔다. 잠시 뒤 방으로 돌아오자마자 현관에서 초인종이 시끄럽게 울려 댔다.

"손님이 찾아왔습니다."

컴퓨터 음성이 반가운 목소리로 말했다. 현관으로 가려던 메얼린은 멈칫했다. 혼자 있을 때는 손님이 찾아와도 함부로 문을 열어 주면 안 되었기 때문이다.

메얼린은 창문으로 다가가, 현관문 앞에 누가 있는지 살폈다.

"안녕! 잘 잤어?"

그때 뒤쪽에서 요하난 목소리가 들렸다. 깜짝 놀라 뒤를 돌아보자, 벽장문 앞에 요하난이 서 있었다. 머리칼은 엉망으로 헝클어져 있었지만, 얼굴색은 어제보다 훨씬 좋아 보였다.

요하난이 씩 웃으며 말했다.

"너, 아주 잘 자더라! 난 벌써 오래전에 일어나 있었는데."

요하난의 말에 메얼린은 당황해서 말을 더듬거렸다.

"하! 그랬어? 그게, 그러니까……. 그런데 너도 잘 자던데? 내 말은 어젯밤에 말이야. 한 번도 깨지 않고 푹 자더라고."

"맞아! 꿈도 안 꾸고 깊이 잠들었어. 시간 여행이 힘들었나 봐. 게다가 그저께 밤에는 잠을 제대로 못 자기도 했고."

요하난이 창가로 다가오더니, 메얼린의 어깨를 가볍게 툭 치며 말했다.

"고마워! 너희 집에 있게 해 줘서. 넌 정말 좋은 친구야."

순간, 메얼린은 얼굴이 빨갛게 달아오르는 걸 느꼈다.

"무슨! 당연한 일이지."

그때 또다시 초인종이 울렸다. 이번에는 좀 더 급하게 울렸다. 메얼린은 창문 아래쪽을 무심코 내다보았다. 그 순간, 정신이 번쩍 들었다.

"이런!"

메얼린은 저도 모르게 창가에서 한 걸음 물러섰다. 요하난도 깜짝 놀라 침을 꿀꺽 삼켰다. 현관문 앞에는 검정 선글라스의 주인이 서 있었다. 지난 며칠 동안 요하난의 뒤를 쫓던 남자, 바로 파울루스 박사였다.

'저 사람은 우리가 있는 곳을 어떻게 찾아낸 걸까?'

메얼린은 파울루스 박사가 어떻게 집 앞까지 쫓아왔는지 선뜻 이해가 되지 않았다.

'우리 버스를 뒤쫓아 온 건가?'

버스를 뒤쫓아 올 수는 있었다. 프렌츠라우어베르크는 자동차 통행 금지 구역이었다. 이 구역에 사는 주민들조차 차를 공영 주차장에 두고 걸어 다녔다. 만약 차로 버스를 따라왔다고 해도 통제 지점까지만 가능한 일이었다.

'파울루스 박사는 시간 여행자들의 위치를 어쩌면 이리도 잘 찾아내는 걸까? 시간 여행자들의 위치를 확인할 수 있는 장치라도 갖고 있는 걸까?'

"어서 이곳을 빠져나가야겠어!"

요하난의 목소리가 생각에 빠져 있던 메얼린을 현실 세계로 불러냈다. 요하난은 얼굴이 하얗게 질려 있었고, 목소리는 두려움으로 떨리고 있었다.

"아니야! 그건 말도 안 되는 소리야!"

메얼린은 요하난을 진정시켰다.

"일단 기다려 보자. 저 사람은 우리 집에 절대로 들어올 수 없어. 그러니까 걱정하지 마!"

메얼린과 요하난은 창가 옆으로 바짝 붙어 서서 현관문 앞에서 있는 파울루스 박사를 지켜보았다. 박사가 또다시 초인종을 눌렀다. 하지만 두 아이는 꼼짝도 하지 않았다. 잠시 후, 박사는 몇 걸음 뒤로 물러서더니 위쪽을 올려다보았다. 그러고도 한참 동안 어슬렁거리며 집 주변을 염탐하더니 어딘가로 천천히 사라져 버렸다.

"이제 어떡하지?"

요하난이 물었다.

"일단은 아침부터 먹자고!"

메얼린이 단호한 목소리로 대답했다.

"하지만 그 아저씨는 분명 다시 찾아올 거야."

"아마도 그렇겠지. 하지만 지금 당장은 아닐 거야. 파울루스 박사가 다시 왔을 때면, 우리는 이미 사라지고 난 뒤일 테고."

요하난은 메얼린을 따라 부엌으로 가며 물었다.

"그럼 이제 우리는 어디로 가야 하지?"

냉장고에서 우유와 콘플레이크를 꺼내 가져오던 메얼린이 밝은 목소리로 말했다.

"좋은 생각이 떠올랐어. 내가 어제 말한 친구 기억나?"

"아카샤?"

"응. 아카샤는 크로이츠베르크 주거 지역에 있는 숙모 집에서 살고 있었는데, 얼마 전에 숙모가 돌아가셨어. 그래서 지금은 혼자 그 집에 살고 있지."

"그래서?"

"그래서라니? 우리가 그리로 간다는 거지! 분명 내일까지는 아무 문제 없이 거기에 머무를 수 있을 거야."

"여자아이 집에서?"

요하난은 왠지 못마땅한 눈치였다. 그리자 메얼린이 눈을 부라리며 다그쳤다.

"쓸데없는 생각하지 말고 어서 먹기나 해! 그리고 지금은 찬밥 더운밥 가릴 때가 아냐! 무엇보다 아카샤라면 절대로 네 비밀을 다른 사람에게 이야기하지 않을 거야. 또 크로이츠베르크는 브란덴부르크 문에서 가깝기도 하고!"

"그런데 그 아이가 싫다고 하면 어쩌지?"

"내가 전화해 볼게."

메얼린은 바로 전화를 걸었지만, 아카샤가 받지 않았다. 자동 응답기만이 메시지를 남기라는 소리를 되풀이했다. 메얼린이 초조한 얼굴로 서 있는 요하난에게 말했다.

"아카샤가 요즘 전화를 잘 받지 않아. 자신의 상황을 다른 사람에게 들킬까 봐 조심하는 거지. 만약 아카샤 혼자 살고 있는 걸 들키게 되면 당장 추방을 당하게 될 거야. 아카샤 부모님도 추방당했거든."

"추방?"

"응, 어른들은 아카샤가 태어난 파키스탄으로 돌려보내려고 해. 지난번에 대홍수가 있고 나서 아카샤 부모님들도 그곳으로 추방당했어. 그런데 문제는 그 나라가 지금 사람이 살 만한 곳이 아니라는 거야. 그래서……"

요하난의 얼굴에 당황스러워하는 빛이 스쳤다.

"아, 부모님하고 떨어져 살아도 괜찮은 거냐고? 오히려 아카샤 부모님은 아카샤만큼은 어떻게 해서든 여기서 숙모와 같이 살기를 원하셨어. 숙모는 독일인하고 결혼해서 정식으로 체류 허가를 받으셨거든. 그런데 숙모가 갑자기 돌아가셨고, 부모님 에게서는 아무런 소식도 없고. 결국 아카샤는 혼자가 된 셈이지. 그 사실을 어느 누구도 알아서는 안 돼. 아! 이러고 있을 게 아니 라 아카샤에게 문자 메시지라도 보내 봐야겠다."

메얼린이 휴대폰에 문자 메시지를 입력하기 시작했다.

안녕! 나야, 메얼린. 집에 있니? 좀 있다 들를게. 친구랑 같이 갈 거야. 이 문자 보면 바로 연락 줘. 중요한 일이니까.

"아카샤는 분명 집에 있을 거야. 그러니까 얼른 가 보자. 파울 루스 박사가 다시 나타나기 전에 말이야."

메얼린은 아카샤에게 가져다줄 먹을거리를 챙긴 뒤, 갈릴레 오가 들어 있는 봉지에다 담았다.

잠시 뒤 메얼린과 요하난은 집을 나섰다. 날씨가 후텁지근해서 숨이 막힐 것 같았다. 파울루스 박사가 사라졌던 길 반대편으로 걸어가다 분수대가 있는 공원으로 들어갔다. 그리고 나서 오 분도 채 안 되었을 때, 메얼린이 손바닥으로 제 이마를 툭 치며 말했다.

"이런, 바보 같으니! 휴대폰을 방에다 놓고 왔어!"

둘은 다시 집으로 향했다. 길모퉁이를 돌아서려던 순간, 요하난이 메얼린의 소매를 잡아끌었다.

"저기 좀 봐!"

"뭘?"

"저 건너편!"

메얼린의 집 건너편 벤치에 파울루스 박사가 앉아 있었다. 박사의 손에는 빵 봉지와 종이컵이 들려 있었다. 박사는 거기 앉아

메얼린의 집을 지켜보고 있었다. 아무래도 금방 자리에서 일어날 것 같지는 않았다.

"이런, 빌어먹을!"

메얼린이 나직이 투덜거렸다.

"아무래도 휴대폰은 포기하는 게 낫겠다."

요하난의 말에 메얼린이 입술을 깨물며 말했다.

"그래, 네 말이 맞아! 어서 가자. 그래도 제때 파울루스 박사를 발견해서 다행이야."

메얼린과 요하난은 길을 건너 한참을 뛰어갔다. 요하난은 불안한지 연신 주변을 두리번거렸다. 다행히 파울루스 박사의 모습은 어디에서도 보이지 않았다. 아마도 메얼린 집 앞에 계속 앉아 있는 듯했다.

얼마 후, 두 아이의 발걸음이 느려졌다. 파울루스 박사의 감시망에서 완전히 벗어났다는 확신이 들었기 때문이다. 요하난은 길 옆에 늘어선 가게들과 잔디가 깔린 녹지대를 깜짝 놀란 눈으로 바라보았다. 요하난이 또 다른 공원을 지나다 물었다.

"이 모든 게 다 너희가 사는 주거 단지에 속하는 거야?"

"응? 주거 단지?"

"그러니까 내 말은 너희가 거주하는 안전지대에 속해 있는 거냐고? 여기는 주거 단지가 엄청 크다! 우리 주거 단지는 네 채의 집과 농장 하나가 다야."

"아! 이 상가 지역을 말하는 거구나. 여기는 프렌츠라우어베르크야. 도로가 차단되어 있지만 그리 안전하다고는 말할 수 없어. 여기에도 이런저런 위험이 늘 도사리고 있거든."

요하난이 믿을 수 없다는 듯 메얼린을 바라보며 물었다.

"여긴 천민들을 막을 필요가 없나 봐?"

이번에는 메얼린이 무슨 소리냐는 듯 요하난을 바라보며 되물었다.

"천민? 무슨 천민?"

"천민은 도시 밖에 살고 있는 사람들을 가리키는 말이야. 우리가 사는 주거 단지는 가시철조망과 전기 울타리가 설치된 벽돌 담이 빙 둘러쳐져 있어. 게다가 도시 전체를 폐쇄 구역이 에워싸고 있어서 도시 밖에서 안으로 들어오기가 쉽지 않아."

"그럼 도시 안에 살고 있는 사람들이 밖으로 나갈 때는?"

"우리는 아무도 밖으로 나가지 않아. 밖은 너무나 위험하거든. 그곳엔 천민들만 살고 있으니까."

메얼린이 고개를 절레절레 저으며 말했다.

"그럼 너희는 감옥에 갇혀 살고 있는 거나 마찬가지잖아!"

요하난이 약간 언짢은 듯한 목소리로 대답했다.

"그래도 모두들 잘 지내고 있어! 천민들에 비하면 훨씬 낫지. 아빠가 그러시는데, 안전지대 밖은 엄청 위험하고 살벌하대. 아빠는 역사학자라서 그런 걸 잘 아셔."

메얼린이 요하난의 얼굴을 빤히 바라보았다.

"그럼 너희는 도시 밖으로는 절대 나갈 수 없는 거야?"

"물론 나갈 수야 있지. 비행차를 타면 되니까. 하지만 누가 그러려고 하겠어? 도시 바깥은 황량한 데다, 농업 공장만 가득할 뿐인데. 여기하고는 전혀 달라. 모기가 좀 신경 쓰이고 거슬리기는 하지만, 그것 빼고는 여기가 훨씬 더 아름답고 좋지. 푸른 바다도 있고 동물들도 많고."

메얼린은 요하난이 말하는 걸 믿을 수가 없었다.

"그래서 미래 사람들이 과거로 여행을 오는 거야? 여기가 훨씬 더 아름다워서?"

요하난이 어깨를 으쓱해 보였다.

"아마도 그럴걸? 아니면 왜 이리로 오겠어?"

"그거야, 무슨 중요한 임무 같은 걸 수행하러 올 수도 있지. 예를 들면 세상을 구하기 위해!"

요하난이 당치도 않다는 듯 고개를 저었다.

"그렇게 되면 미래가 변할 텐데?"

메얼린은 문득 미래를 바꾸는 것도 그리 나쁘지 않을 것 같다는 생각이 들었다. 하지만 아무 말도 하지 않았다. 대신 요하난을 바라보며 말했다.

"저 앞이 지하철역이야."

두 아이는 프렌츠라우어베르크와 옆 구역을 경계짓는 차단기를 지나 큰길을 건넜다. 이어서 계단을 잽싸게 뛰어오른 뒤 큰길 위 구름다리에 서 있는 역으로 들어갔다. 메얼린이 교통 카드를 꺼내 판독기에 대고는 요하난을 위해 '동행×1' 버튼을 눌렀다. 곧 둘은 막 출발하려던 지하철에 올라탔다.

지하철이 이리저리 흔들리며 터널 속으로 들어서자 메얼린이 말했다.

"이제부터는 주의해야 해. 우리한테는 천민도 없고 전기 울타리가 설치된 벽돌담도 없지만, 이곳이라고 해서 아무 위험도 없는 건 아니니까. 원래는 나 혼자서는 거기에 가면 안 돼. 내가 아카샤 집에 혼자 놀러 갔다는 걸 엄마가 아시면 엄청나게 화를 내실 거야. 이제부터 가능하면 내 곁에 꼭 붙어 있어야 돼. 알았지?"

메얼린과 요하난은 메르키쉬 박물관역에서 내렸다. 지하철역 출구는 빈민가로 들어가는 경계와 맞닿아 있는 교차로 위에 있었다. 무장한 경찰 두 명이 오른쪽 상류층 주거 지역인 피셔인젤로 들어가는 도로 앞에 설치된 차단기 옆에 떡하니 버티고 서 있었다. 메얼린은 요하난을 데리고 왼쪽 도로로 들어섰다.

몇 걸음 들어가지도 않아, 주변 풍경이 조금 전과 많이 달라졌다. 길가에 고장 난 자동차가 아무렇게나 버려져 있었고, 인도에는 쓰레기들이 여기저기 쌓여 있었다. 어느 집 현관 앞에는 한 남자가 반쯤 눈을 감은 채 꼼짝도 않고 누워 있었다. 메얼린과 요하난은 남자 옆을 지나가지 않기 위해 반대편으로 건너갔다.

그때 자동차가 타이어 소리를 내며 쌩하니 지나갔다. 자동차 스피커에서는 음악 소리가 쾅쾅 울려 나왔다. 메얼린과 요하난은 걸음이 절로 빨라졌다. 무성하게 자란 수풀 아래에 한 무리의 청소년들이 어슬렁거리고 있었다. 둘은 다시 반대편으로 길을 건너갔다.

"이제 조금만 더 가면 돼."

메얼린이 긴장한 목소리로 말했다. 벽돌담 옆으로 난 길로 접어들자, 뭔가 썩은 냄새가 진동했다. 갑자기 메얼린과 요하난 앞으로 검은 옷을 걸치고 얼굴에 문신을 한 아이들 셋이 나타났다. 그중 하나가 가소롭다는 듯한 눈빛으로 메얼린과 요하난을 바라보며 말했다.

"어라! 우리 앞에 나타난 도련님들은 대체 누구신가? 너희 둘, 지금 어디 가는 거야?"

메얼린과 요하난이 주춤주춤 뒤로 물러서자, 순식간에 세 아이가 둘러쌌다. 처음에 말을 걸었던 아이가 위협적으로 말했다.

"너희 주머니 속에 있는 거 다 꺼내 봐. 그리고 휴대폰도!"

메얼린이 대답했다.

"휴대폰은 집에다 놓고 왔어."

"아하, 그래? 집에다 놓고 오셨다고?"

한 아이가 비아냥거리며 메얼린이 든 봉지를 빼앗았다. 봉지를 뒤적여 먹을거리를 끄집어내 땅바닥에다 팽개치면서 성난 목소리로 물었다.

"여기로 소풍 나온 거야, 뭐야?"

"여기 이것 좀 봐!"

요하난을 붙들고 있던 아이가 바지 주머니에서 검정 선글라스를 꺼내 높이 치켜들며 소리쳤다.

처음 말을 걸었던 아이가 나직이 휘파람을 불었다.

"컴퓨터 안경이네! 오늘 운수가 나쁘지는 않은걸!"

"그건 내 거야. 이리 줘!"

요하난이 깜짝 놀라 소리치자 세 아이가 깔깔거렸다.

메얼린은 자신을 붙잡고 있는 손을 뿌리치려다 애꿎게 귀싸대기를 한 대 맞고 말았다. 두 눈에서 눈물이 주르륵 흘러내렸다. 그다음에는 모든 일이 너무나 순식간에 일어나 나중에도 제대로 기억해 낼 수가 없었다. 메얼린은 자기를 때린 아이의 정강이를 힘껏 걷어찼다. 바로 그 순간, 누군가의 고통스러운 비명이 들려왔다.

"아악! 이게 뭐야?"

그때 요하난이 소리쳤다.

"뛰어!"

메얼린은 자신을 붙잡은 손을 세차게 뿌리치고 갈릴레오가 든 봉지를 빼앗아 쥔 다음, 번개처럼 달리기 시작했다. 옆에서는 요하난의 거친 숨소리가 들려왔고, 뒤에서는 쫓아오는 아이들의 발걸음 소리가 들려왔다.

아카샤의 집이 있는 거리가 보였다. 메얼린은 바람처럼 길모퉁이를 돌았다. 요하난도 바로 뒤에서 쫓아오고 있었다. 이제 조금만 더 달려가면 아카샤의 집 앞이었다. 숨이 가빠 가슴이 터질 것만 같았지만 메얼린은 쉬지 않고 끝까지 달렸다.

다행히 아카샤 집 뒤편으로 들어갈 수 있는 문이 열려 있었다. 메얼린과 요하난은 집 뒤편으로 이어지는 널따란 통로를 달려 안마당으로 들어섰다. 빨간색 벽돌담이 안마당과 작은 정원을 갈라놓고 있었다.

"저 건너편으로!"

메얼린이 가쁜 숨을 몰아쉬며 말했다. 둘은 얼른 빨간 벽돌담을 뛰어넘었다. 그리고 축축한 땅 위에 그대로 뻗고 말았다. 아카샤 집 앞에서 급히 달리던 발걸음 소리가 점점 느려지다 멈추어 섰다. 곧 고함치는 소리가 들리더니 발걸음 소리가 멀어졌다.

메얼린이 초인종을 급하게 눌러 댔지만 집 안에서는 아무런 기척도 들리지 않았다.

"아카샤, 어서 좀 나와 봐! 문 좀 열어 보라고! 제발!"

그때 발자국 소리가 다시금 가까이 다가오기 시작했다. 발자국 소리는 큰길과 이어진 통로에서 위협적으로 울려 퍼졌다.

"메얼린? 너, 여기서 뭐 하고 있는 거야?"

메얼린이 깜짝 놀라 뒤돌아섰다. 여자아이가 까만 두 눈을 반짝이며 서 있었다.

"아카샤!"

메얼린이 소리쳤다.

혼자 남은 기후 난민 소녀

⋮

아카샤

아카샤는 힘껏 달렸다. 맨발이 축축하게 젖은 보도블록 위에서 철퍼덕 철퍼덕 소리를 냈다. 기분이 아주 상쾌했다. 지금 막 뚱뚱한 아저씨에게서 지갑을 훔쳐 달아나는 중이었다. 그 아저씨보다는 자신이 훨씬 빠르다고 자부할 수 있었다. 더구나 이곳 골목이며 집들이며 교차로며 손바닥 들여다보듯 낱낱이 꿰고 있었다.

까만 머리카락을 휘날리며 아카샤는 쏜살같이 길모퉁이를 돌아섰다. 그러다 잠시 멈춰 서서 뒤를 돌아봤다. 거리는 텅 비어 있었다. 앞쪽으로 휑한 구멍이 난 울타리가 보였다. 그 구멍을 통해 장미 공원으로 들어갔다. 수많은 조각상들 중 하나에 몸을 숨기고는 서둘러 지갑을 열어 보았다. 운이 좋았다. 지갑에는 현

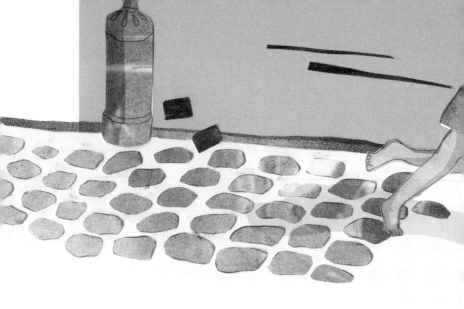

금이 제법 많이 들어 있었다. 현금만 얼른 꺼내고 지갑을 수풀 속에 던져 버렸다.

울타리 너머 몇 미터쯤 떨어진 곳에서 자신을 쫓던 아저씨가 숨을 헐떡이며 지나가는 게 보였다. 아카샤는 빙그레 미소를 지으며 공원을 가로질러 잽싸게 그곳을 빠져나왔다.

'오늘 아침엔 운이 좋았어. 이 돈이면 며칠은 잘 지낼 수 있을 거야.'

아카샤는 문득 그 자리에 멈춰 섰다. 왠지 모르게 평소와 달랐다. 주변을 둘러보니 공원 입구의 무성한 수풀 사이로 하얗고 파란 불빛이 번쩍였다. 대기 중인 경찰 순찰차였다.

아카샤는 수풀 속으로 잽싸게 들어가 몸을 한껏 낮추었다. 쿵

쿵거리는 심장 소리가 귀에까지 들리는 듯했다. 절대로 경찰에
게 붙잡혀서는 안 되었다. 얼마 전, 경찰서에 불려가 인적 사항
을 적어 낸 일이 떠올랐다. 그때만 해도 아카샤는 숙모가 여행을
떠났다고 둘러대 위기를 면했다. 때마침 진행된 대규모 출동 작
전만 아니었어도, 경찰은 아카샤를 호락호락 집으로 돌려보내지
않았을 것이다.

그 뒤로 아카샤는 휴대폰을 아예 꺼 놓고 있었다. 숙모가 돌아
가셔서 아카샤 혼자 살고 있다는 사실이 알려지는 것은 시간문
제였기 때문이다. 하지만 추방당할 때까지 손 놓고 가만히 앉아
서 기다릴 수는 없었다. 이제껏 한 번도 가 본 적 없고 말조차 알
아듣지 못하는, 낯설고 먼 파키스탄으로 쫓겨나는 것은 생각만
으로도 끔찍했다.

아카샤는 수풀 사이를 기어서 조심조심 울타리 쪽으로 다가갔다. 그곳에서 살그머니 고개를 내밀고는 주변을 살폈다. 순찰차는 보이지 않았다. 뾰족한 버팀목 위로 기어 올라갔다가 인도로 폴짝 뛰어내렸다. 잰걸음으로 잽싸게 도로를 건넌 뒤 골목길로 뛰어들었다.

거기서부터 집까지는 그리 멀지 않았다. 아카샤는 무작정 달리기 시작했다. 길모퉁이를 돌다가 하마터면 맞은편에서 달려오던 남자아이 세 명과 부딪칠 뻔했다. 그중 한 아이가 넘어질 듯 비틀거리며 아카샤를 향해 냅다 소리를 질렀다.

"조심해! 이 바보 멍청아!"

아카샤는 이미 저만큼 달려 나가고 있었다.

"어서 가자고!"

아카샤의 귓가로 아이들 중 하나가 소리치는 게 들려왔다. 그 아이들은 마치 코를 들이박고 킁킁대며 사냥감을 뒤쫓는 사냥개처럼 멀어져 갔다.

'저리로 계속 가다간 순찰 중인 경찰들과 마주칠걸.'

아카샤는 생각만으로도 고소해서 설핏 미소를 지었다.

얼마 후 안마당으로 들어선 아카샤는 다시 한 번 멈춰 섰다. 현관문 앞에 누군가가 서 있었다. 메얼린이었다.

"메얼린? 너, 여기서 뭐 하고 있는 거야?"

메얼린이 뒤를 돌아보며 소리쳤다.

"아카샤!"

메얼린의 휘둥그레진 두 눈은 겁을 잔뜩 집어먹고 있었다. 웬일인지 숨소리도 거칠었다. 무슨 일이 있는 게 틀림없었다.

"무슨 일이 생긴 거야?"

아카샤가 묻자 메얼린이 다급히 말했다.

"그건 좀 있다 얘기해 줄게. 일단 문부터 열어 봐!"

메얼린 옆에는 한 번도 본 적 없는 남자아이가 서 있었다. 아이의 옷자락에는 피가 묻어 있었다.

"애는 또 누군데?"

아카샤가 호기심 가득한 눈으로 물었다.

"일단 문부터 열어! 그 아이들이 쫓아오기 전에!"

메얼린이 숨넘어가는 목소리로 재촉했다. 아카샤는 앞으로 나아가 문을 열었다. 메얼린과 옆에 서 있던 아이가 부리나케 집 안으로 뛰어 들어갔다. 아카샤도 뒤따라 안으로 들어섰다.

"이 아이는 누구냐고?"

아카샤는 낯선 아이를 위아래로 쭉 훑어보았다. 키가 조금 작은 남자아이는 회색빛 작은 눈을 반짝이며 자신을 마주 보았다. 그 아이에게서는 뭔가 특이한 분위기가 느껴졌다.

'저 아이 목에 걸린 천사 목걸이 때문에 그런 걸까?'

메얼린이 요하난을 아카샤에게 소개했다.

"애는 요하난이야! 저 위 네 방에 가서 얘기 좀 해도 돼? 참,

아까 내가 문자 메시지 보냈는데. 아직 못 봤어?"

"응, 아직 못 봤어. 계속 밖에 있었거든. 얘 이름이 요하난이라고? 희한한 이름이네. 어쨌든 안으로 들어가자."

두 아이는 아카샤를 따라 계단을 오른 뒤, 맨 꼭대기 층에 있는 아카샤의 방으로 들어섰다.

"너희, 뭐 마실래?"

아카샤의 말에 메얼린과 요하난은 동시에 고개를 끄덕였다. 아카샤는 컵 세 개를 탁자 위에 내려놓으면서 요하난을 자세히 살펴보았다. 얼굴이 꽤 창백한 데다, 턱 선까지 내려오는 금발이 얼굴을 반쯤 가리고 있었다. 그리고 무엇보다 쫑긋 선 두 귀가 돋보였다.

'특이한 건 없는데, 왠지……'

아카샤가 메얼린에게 물었다.

"도대체 무슨 일이야? 왜 그렇게 잔뜩 겁을 집어먹었어?"

"여기로 오다가 불량배들이랑 마주쳤거든."

아카샤가 알겠다는 듯 고개를 끄덕였다.

"그랬구나! 아까 집으로 오다가 마주쳤던 아이들인가 보다. 그 아이들은 경찰 순찰차가 대기하고 있는 방향으로 달려갔어."

메얼린과 요하난이 당황한 기색으로 서로를 바라보았다. 요하난이 걱정스런 표정으로 나직이 물었다.

"경찰이 그 선글라스를 발견하면 어떡하지?"

아카샤는 요하난의 목소리가 어딘지 모르게 기이하게 들렸다. 딱 꼬집어 말하기는 어려웠지만, 어쩐지 여기 사는 사람들이 말하는 것과는 다른 뭔가가 있었다.

"그게 뭐 어때서? 설사 경찰이 그 선글라스를 본다 해도 그건 어차피 파울루스 박사 거잖아. 그걸 보고 너를 찾아낼 생각까지 하겠어? 기껏해야 선글라스에 저장되어 있는 정보들을 확인하고 원래 주인에게 돌려주겠지."

메얼린의 말을 듣고 아카샤가 물었다.

"선글라스? 지금 대체 무슨 이야기를 하고 있는 거야. 나도 좀 알아듣게끔 말해 줄래? 그리고 내가 알지 못하는 누군가를 왜 우리 집에 데리고 왔는지도 말이야. 너도 알잖아? 나는……."

메얼린이 아카샤의 말을 자르며 끼어들었다.

"잘 알아. 하지만 요하난에게 내일 저녁때까지 몸을 숨길 만한 장소가 필요했어. 그때 문득 너네 집이 떠오른 거야."

아카샤가 휘둥그레진 눈으로 물었다.

"뭐? 저 아이가 내일 저녁때까지 여기 숨어 있어야 한다고? 그런데 저건 또 어떻게 된 거야?"

아카샤가 요하난의 옷자락에 묻은 피를 가리켰다. 메얼린은 고개를 돌려 아카샤가 가리킨 핏자국을 확인하고는 깜짝 놀랐다. 요하난이 우물쭈물하며 입을 열었다.

"아까 우리를 공격한 아이 중 하나가 레이저 칼을 빼앗으려고 했어. 나는 빼앗기지 않으려고 손잡이를 꼭 움켜쥐었을 뿐인데, 레이저 칼이 작동하면서 그 아이를 베었나 봐."

메얼린이 이제야 알겠다는 듯 고개를 끄덕였다.

"그 바람에 그 애가 레이저 칼을 잡았던 손을 놓은 거고, 그래서 우리가 도망칠 수 있었던 거구나."

그때 아카샤가 버럭 화를 내며 메얼린에게 따지듯이 물었다.

"내 문제만으로도 이미 충분히 힘든 거 안 보이니? 그런데도 꼭 이렇게 내 집으로 경찰들이 추적해 올 만한 빌미를 끌고 들어와야만 했어?"

"아카샤! 그게 아니라, 나는 단지……."

메얼린이 차마 말을 잇지 못하자, 요하난이 나서서 설명했다.

"그래, 난 쫓기고 있어. 하지만 경찰이 아니라 파울루스 박사라는 과학자에게 쫓기는 중이야. 그 과학자에게서 훔친 컴퓨터 선글라스를 갖고 있었거든. 근데 그걸 조금 전에 아까 그 아이들에게 빼앗긴 거야. 물론 경찰들은 나에 대해서는 아무것도 몰라. 왜냐하면 나는……, 나는 이 시대 사람이 아니거든."

아카샤가 황당한 얼굴로 요하난을 바라보았다.

"이 시대 사람이 아니라고? 그게 무슨 말이야?"

이번에는 메얼린이 두 눈을 반짝이며 말했다.

"아카샤, 요하난은 시간 여행자야. 원래 2120년에 살고 있어. 미래에서 온 아이라고!"

"미래에서 온 시간 여행자란 거지? 혹시 오늘이 만우절인가?"

아카샤가 두 아이의 말을 믿지 못하고 빈정거렸다.

"정말이야! 요하난은 미래에서 왔어! 그런데 사정이 생겨서 부모님과 함께 미래로 돌아가지 못하고 혼자 남게 된 거야. 하지만 내일 밤 12시가 되면 브란덴부르크 문에서 시간의 문이 열린대. 그러면 부모님이 그리로 요하난을 데리러 오실 거고."

"반드시 그럴 거라는 건 아니고, 그렇게 되기를 바라는 거지."

요하난이 혼잣말하듯 중얼거렸다. 아카샤는 믿을 수 없다는 눈빛으로 두 아이를 번갈아 바라보았다. 어쩌면 메얼린이 요하난과 짜고서 자기를 골리는 건지도 모른다는 생각이 들었다. 하지만 자기가 알고 있는 메얼린은 절대로 그럴 아이가 아니었다.

"네가 정 못 믿겠다면, 요하난이 네 의심을 풀어 줄 거야."

메얼린이 이번엔 요하난을 바라보며 말했다.

"요하난, 아카샤에게 네 홀로그램을 보여 줘!"

요하난이 천사 목걸이를 머리 위로 벗어 들었다. 그러고는 천사 모양을 앞으로 들어 올리고는 지그시 눌렀다. 순간, 아카샤의 시선이 얼어붙었다. 허공에 자그맣고 하얀 천사가 두둥실 떠올랐다. 투명한데도 진짜 천사처럼 느껴졌다. 마치 살아 있는 작은 생명체처럼 천사는 날갯짓을 하며 움직였다. 아카샤는 이처럼 완벽한 홀로그램을 본 적이 없었다. 심지어 대학에서 홀로그래피 연구를 진행했던 숙모가 보여 준 홀로그램조차 지금 눈앞에

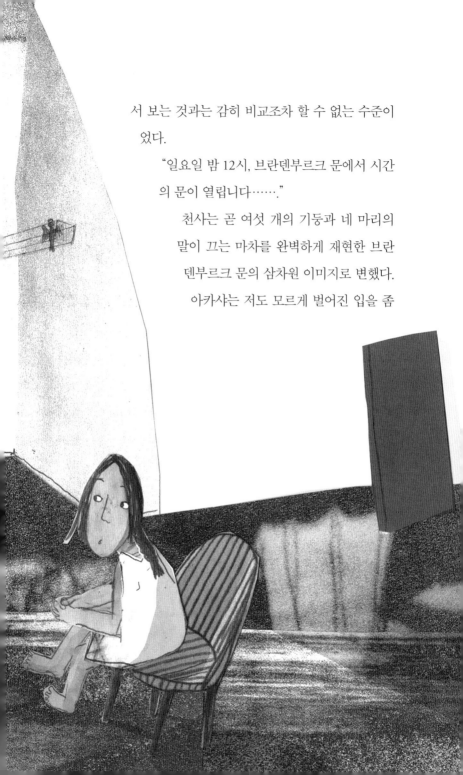

서 보는 것과는 감히 비교조차 할 수 없는 수준이
었다.

"일요일 밤 12시, 브란덴부르크 문에서 시간
의 문이 열립니다……."

천사는 곧 여섯 개의 기둥과 네 마리의
말이 끄는 마차를 완벽하게 재현한 브란
덴부르크 문의 삼차원 이미지로 변했다.

아카샤는 저도 모르게 벌어진 입을 좀

처럼 다물 수가 없었다.

"…… 약속된 시간에 늦지 않도록 조심하세요."

이 말과 함께 천사가 보내는 메시지는 끝이 났다.

"이제 우리가 한 말을 믿을 수 있겠어?"

메얼린이 씨익 웃으며 자신만만하게 물었다. 아카샤는 천천히 고개를 끄덕였다.

"메얼린, 이건 도저히……."

"그래, 도저히 믿을 수 없을 거야. 나도 알아! 요하난이 내게 이 이야기를 들려주었을 때, 나도 그렇게 말했거든."

한 시간쯤 후, 세 아이는 거실에 머리를 맞대고 앉아 앞으로의 계획을 궁리하고 있었다.

"컴퓨터 선글라스를 잃어버린 건 너무 아쉽다!"

아카샤의 말에 메얼린이 맞장구를 쳤다.

"맞아! 하지만 잃어버리기 전에 그 안에 있는 것들을 쭉 살펴보기는 했어."

잠시 골똘히 생각에 잠겼던 아카샤가 말했다.

"파울루스 박사라는 이름만 들어서는 아무것도 떠오르는 게 없어. 난 한 번도 그 사람을 만난 적이 없잖아. 아마도 우리 숙모랑은 다른 과였나 봐."

"그 사람은 천체 물리학자인데, 무슨 연구소에선가 일을 하고 있다고 했어."

메얼린이 말하자 요하난이 거들었다.

"그리고 또 웜홀에 대해 연구하고 있다고 했고."

"흠, 그렇다면 그곳은 분명 천체 물리학 연구소일 거야. 연구소 건물 9층에 있어. 그런데 그 사람이 요하난의 물건을 가지고 있는 건 확실해?"

요하난이 고개를 끄덕이며 말했다.

"이메일을 열어 봤을 때, 배낭에 들어 있던 액체를 분석하고 있다는 내용이 있었어. 그건 바로 솜니아베로의 성분을 분석한다는 뜻 아니겠어?"

아카샤가 잠시 생각에 잠기더니 이렇게 말했다.

"인터넷에 접속할 수 있다면, 그 사람에 대해 더 많은 걸 알아낼 수 있을 텐데."

"너도 컴퓨터 있잖아?"

메얼린이 묻자, 아카샤가 고개를 저었다.

"우리 집에 전기가 들어오지 않아."

"전기가 안 들어온다고? 왜?"

"그거야 전력 공사에서 끊어 버렸기 때문이지. 전기료를 내지 않으니까."

"그럼 앞으로 어떻게 할 건데?"

메얼린이 걱정스레 묻자 아카샤는 담담하게 대답했다.

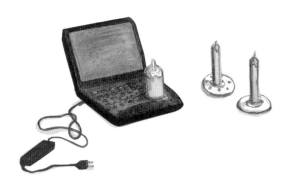

"나도 몰라. 아직 수돗물은 나와. 일단 수돗물이 끊기기 전까지는 여기에 있으려고."

"방학이 끝나면 학교엔 나올 거야?"

메얼린의 질문에 아카샤는 아무 말 없이 방바닥만 내려다보았다. 진즉부터 그 문제로 고민하고 있었다. 개학을 하면 용기를 내어 학교에 나가도 되는 건지, 만약 학교에 나간다 해도 과연 얼마나 더 다닐 수 있을지 걱정이었다.

아카샤는 무심한 표정으로 말했다.

"학교에다가는 그냥 내가 없어졌다고 말해 줘. 파키스탄으로 추방당한 것 같다고."

메얼린은 아카샤를 당혹스런 표정으로 바라보며 물었다.

"그러고 나면? 그럼 여기서 혼자 뭘 하면서 살 건데? 생활비는 또 어떻게 마련하고?"

아카샤가 메얼린의 눈을 똑바로 바라보며 쏘아붙였다.

"청소라도 하러 다닐 거야. 아니, 필요하다면 그보다 더한 짓도 할 수 있고."

아카샤는 그게 말도 안 되는 소리란 걸 누구보다 잘 알았다. 학교 졸업장과 정식 신분증이 없으면, 그 어디서도 일자리를 구할 수 없었다.

메얼린은 설레설레 고개를 저었다.

"말도 안 되는 소리 하지 마!"

아카샤가 어깨를 으쓱해 보였다.

"일단 그건 나중에 얘기하자. 지금 당장 급한 건 내 얘기가 아닌 걸로 아는데?"

아카샤의 말에 메얼린이 한숨을 내쉬었다.

"파울루스 박사의 연구실로 찾아가 봐야 하지 않을까? 만약에 파울루스 박사가 진짜로 요하난의 물건들을 갖고 있다면, 연구실 어딘가에 보관하고 있을 게 분명해."

아카샤의 말에 메얼린이 펄쩍 뛰었다.

"말도 안 돼! 그러다 들키면 요하난은 파울루스 박사에게 붙잡히고 말 텐데……."

아카샤는 고개를 흔들며 확신에 찬 목소리로 대꾸했다.

"일요일 저녁에 가면 돼. 장담컨대 그 연구실에는 쥐 한 마리 없을걸."

"연구실에는 어떻게 들어갈 건데?"

메얼린이 묻자 아카샤가 자신만만하게 대답했다.

"그건 아주 간단해. 숙모가 쓰던 연구실 열쇠를 아직 가지고 있거든. 그 열쇠만 있으면 연구실 문은 죄다 열 수 있어. 천체 물리학 연구소는 오래된 건물이라, 아직 지문 인식기가 설치되지 않았거든."

아카샤는 메얼린과 요하난을 기대에 찬 눈으로 번갈아 바라보았다. 아무리 궁리해 봐도 지금 생각해 낸 것보다 더 좋은 계획은 떠오르지 않았다. 이토록 흥분하는 이유는 흥미진진한 모험을 할 거라는 기대감 때문만은 아니었다. 시간 여행을 가능하게 하는 수단을 손에 넣을 수 있다는 사실이 아카샤의 마음을 온통 사로잡았다. 하지만 메얼린과 요하난은 아카샤를 이해할 수 없다는 눈으로 바라보았다.

"왜 그래? 내일 밤 미래로 시간 여행을 떠나려면 솜니아베로가 꼭 필요하다고 너희가 그랬잖아?"

아카샤의 말에 요하난이 말했다.

"그건 그래. 하지만 부모님이 나를 데리러 오실 때, 아마도 내 몫의 솜니아베로도 챙겨 오실 거야. 엄마 아빠도 내가 솜니아베로를 버스에 놓고 내렸다는 걸 알고 계시거든. 그런데도 파울루스 박사의 연구실로 찾아간다는 건……. 너무나도 위험하고 무모한 계획이야. 무엇보다도 나는 파울루스 박사를 다시 만나고 싶은 생각이 눈곱만큼도 없어!"

"나도 마찬가지야!"

메얼린도 요하난의 생각에 동의하고 나섰다. 아카샤는 고개를 갸우뚱하며 메얼린과 요하난을 바라보았다. 문득 좋은 생각이 떠올랐다. 주저하고 있는 둘의 마음을 움직일 수 있을 만큼 멋진 아이디어였다.

아카샤는 짐짓 느긋하게 물었다.

"그럼 배낭 안에 있던 다른 물건들은? 미래의 물건들이 여기에 남아 있어도 괜찮아? 혹시라도 그것 때문에 미래가 바뀌게 되면 그땐 어떡하지?"

요하난이 그 말에 흔들리는 게 느껴졌다. 잠시 후 메얼린이 대답했다.

"나는 잘 모르겠어. 하지만 아카샤, 네가 그 사람을 보지 않아서 그러는 것 아닐까? 너도 막상 파울루스 박사를 보고 나면 그런 말을 못 할 거야."

"사내자식들이 왜 그래? 뭐가 그리 무서운 거야? 일요일 저녁엔 그 사람도 연구실에 없을 거야. 우리는 요하난의 배낭만 챙겨 나오면 되고. 정 찜찜하면, 내가 먼저 연구실로 들어가서 동태를 살필게. 파울루스 박사는 내가 누구인지는 모르니까. 그런 다음에 곧바로 브란덴부르크 문으로 향하는 거야. 동물원을 가로지르면 금방 도착할 수 있잖아."

메얼린이 아카샤를 이해할 수 없다는 눈빛으로 바라보았다.

"너는 왜 자꾸 파울루스 박사의 연구실에 몰래 숨어들자고 고집하는 거야?"

아카샤는 어깨를 으쓱하며 자기와는 별 상관 없다는 듯이 보이려고 노력했다.

"애당초 나를 찾아와 도움을 청한 건 바로 너희야. 나는 너희를 적극적으로 돕겠다고 나서는 것뿐이고. 너도 알다시피 내가 일단 마음만 먹으면 물불 안 가리는 성격이잖아."

아카샤는 이렇게 말했지만 진심은 아니었다. 이미 솜니아베로를 반드시 찾아오겠다고 결심을 굳혔다. 물론 요하난을 위해서가 아니었다. 요하난에게는 솜니아베로가 더 이상 필요하지 않을지도 몰랐다. 솜니아베로를 간절히 원하고 필요로 하는 사람은 바로 자신이었다.

오후 늦게, 메얼린이 자리에서 일어나며 말했다.

"엄마가 저녁 8시 전에는 집에 오라고 했어. 아무래도 오늘은 그렇게 하는 게 좋을 거 같아. 내일은 밤늦게까지 밖에 있어야 할 테니까."

"내가 바래다줄게. 잘못하다가 아까처럼 불량배랑 맞닥뜨리면 곤란하잖아."

아카샤가 개구쟁이 같은 미소를 지으며 말하자, 메얼린이 투덜댔다.

"그 바보 같은 놈들은 경찰한테나 붙잡혀 갔으면 좋겠다."

"너는 어떡할래?"

아카샤는 메얼린과 단둘이만 나갔다 오고 싶었지만, 요하난에게도 예의상 의견을 물어보았다. 그런 아카샤의 속마음을 눈치챘는지 요하난은 고개를 살래살래 저었다.

"난 그냥 여기 있을게. 괜찮지?"

"당연하지! 그럼 얼른 갔다 올게!"

아카샤는 문을 닫고 메얼린을 따라 거리로 나섰다. 어느덧 비구름은 사라지고, 저녁 해가 건물들 위에 나지막이 걸려 주황색으로 빛나고 있었다.

"메얼린!"

아카샤가 진지하게 말했다.

"응? 왜?"

"네 생각은 어때?"

"무슨 생각?"

"요하난이 들려준 미래 사회 말이야."

"그러니까 미래 사회에 대해 어떻게 생각하느냐는 말이지?"

아카샤가 고개를 끄덕였다. 잠시 무언가 생각하던 메얼린이 대답했다.

"요하난은 아무래도 자기가 얼마나 엉터리 같은 세상에서 살고 있는지 모르는 것 같아. 만약 요하난이 말해 준 게 다 사실이라면, 나는 백 년 후가 아닌 지금 여기에 살고 있는 게 그저 고마울 뿐이야."

"그래도 미래 사람들은 지구 온난화를 멈추는 데는 성공했잖아!"

"너무 늦은 거지. 동물도, 숲도, 산호초도 더 이상 없다는 말, 너도 들었지? 바다는 물고기 한 마리 살 수 없을 만큼 완전히 죽어 버렸어. 그뿐만이 아냐. 가난한 사람들은 문밖에서 죽어 가는데, 부자들은 담을 쌓아 놓고 자기들끼리만 안전하고 호사스러운 주거 단지 안에 틀어박혀 있다고. 솔직히 미래 사회가 그런거라면, 차라리 아무것도 듣지 않는 편이 나을 뻔했어."

아카샤는 길에 굴러다니는 맥주 깡통을 발로 뻥 걸어찼다.

"혹시 요하난이 좀 더 과장하거나 거짓으로 알려 준 건지도 모르잖아."

메얼린이 고개를 저으며 말했다.

"아니야. 난 요하난을 믿어. 너도 한번 생각해 봐. 최근 몇 년 동안, 지구에서 어떤 일들이 일어났는지 말이야. 북극의 얼음은 완전히 녹아 없어졌어. 바다의 해수면은 점점 빠르게 상승하고 있고. 게다가 기온이 너무 올라 북반구에 있는 숲들은 전부 죽어 가고 있잖아."

"그래, 모든 사람이 불만을 터뜨리는 기후세도 그래서 생긴 거니까."

"전 세계적으로 도입된 탄소세 말이야?"

"응."

"결국 선진국들만 엄청난 이득을 보겠지. 지구에 사는 인구 중 절반에 속하는 사십 억 명이 이런저런 자연재해로 삶의 터전을 잃고 떠돌아다니고 있어. 이런 식으로는 얼마 버티지 못할 거야."

아카샤가 메얼린을 똑바로 바라보며 말했다.

"세계 전체를 통치하는 새로운 정부가 나타나겠지. 부자들을 위해 마지막 식량을 끌어 모아 총으로 지키는 세계 정부가."

메얼린이 어깨를 으쓱해 보였다.

"대략 그 비슷한 일들이 벌어지겠지. 요하난이 말해 주었듯."

갑자기 기분이 우울해진 메얼린과 아카샤는 한동안 아무 말도 하지 않고 걷기만 했다. 그러다 아카샤가 침묵을 깨고 속삭이

듯 말했다.

"2120년이면 그리 멀지 않았어. 지금부터 백 년 후잖아. 그때면 우리도 살아 있겠지?"

"그때쯤이면 우리는 쭈그렁 할아버지 할머니가 되어 있겠다."

"그런데 우리가 쭈그렁 할아버지 할머니가 아니라면?"

아카샤의 말에 메얼린이 의아해하며 물었다.

"그건 또 무슨 소린데?"

"우리가 쭈그렁 할아버지 할머니가 아니라면, 그러면 우리가 뭔가를 바꿀 수도 있지 않을까?"

"그래서 내가 그린피스에 가입해 있는 거잖아!"

메얼린이 자랑스럽게 말했다. 하지만 아카샤는 여전히 심각한 얼굴로 고개를 저었다.

"내 말은 그런 의미가 아니야. 미래에 어떤 일이 일어나는지, 지금 당장 그 사람들에게 가서 말해 주는 거야. 그걸 입증할 만한 증거를 가지고……."

"그게 말이 된다고 생각해? 미래에서 과거는 이미 지나간 시간이야. 미래에서 바꿀 수 있는 건 아무것도 없다고. 그런데 거기 가서 도대체 뭘 바꾸겠다는 거야? 그리고 미래로 가려는 사람이 누가 있겠어?"

'나! 나는 미래로 가 보고 싶어.'

아카샤는 머릿속으로 그렇게 대답했다. 하지만 그 생각을 소리 내어 말하지는 않았다.

아카샤는 지하철역까지 메얼린을 바래다주고 돌아오는 길에 자신의 계획을 좀 더 찬찬히 생각해 보았다. 미래로의 시간 여행을 처음에는 베를린에서의 비참한 삶을 벗어날 수 있는 탈출구 정도로만 여겼다. 그때까지만 해도 2120년이 어떤 모습일지 전혀 몰랐기 때문이다. 물론 지금도 2120년에 대해 제대로 알고 있는 것은 없었다.

아카샤는 요하난 말고는 미래의 어느 누구도 알지 못했다. 설령 요하난이 자신을 미래로 데리고 가 준다 해도, 엄청난 곤욕을 치르게 될 거라는 사실은 뻔히 예상할 수 있었다. 그곳에 도착하자마자 사람들이 잡아 가둘지도 몰랐다. 최악의 경우에는 도시 밖으로 쫓거나 천민으로 살아갈 수도 있을 터였다.

요하난이 들려준 이야기에 따르면, 미래는 즐겁고 행복한 곳이 전혀 아니었다. 심지어 이곳보다 훨씬 더 안 좋을 수도 있었다. 하지만 아카샤는 웬일인지 자신에게는 절대로 그런 나쁜 일이 일어나지 않으리란 확신이 들었다.

'만약 시간의 문을 통과하는 데 성공한다면? 그래! 그다음에는?'

아카샤는 스스로 던진 그 질문에 아무 대답도 할 수 없었다. 하지만 미래 사회에서 펼쳐지게 될 새로운 삶은 경찰에게 추방당하는 날까지 하루하루를 근근이 살아가는 지금보다는 훨씬 더 나을 게 분명했다. 그때 문득 과거를 바꾸면 미래까지 변하게 된다는 말이 떠올랐다.

'그런 게 정말 가능한 일일까? 그런데 솜니아베로를 찾아내지 못한다면? 혹은 애써 찾아낸 솜니아베로를 요하난이 마셔야만 하는 상황이 벌어진다면? 그때는 어떻게 하지?'

아카샤는 집 앞 골목길로 들어선 뒤, 따뜻한 돌벽에 몸을 기대었다. 머리 위 하늘에는 제비들이 날아다녔고, 저녁 해는 건물 위로 기다란 그림자를 드리우고 있었다.

'내 계획을 요하난에게도 알려 주어야 할까? 그 아이는 어떤 반응을 보일까?'

아카샤는 선뜻 결정을 내리지 못하고 어찌하면 좋을지 망설였다. 오늘 처음 만난 요하난의 마음속을 읽어 낸다는 건 정말이지 어려운 일이었다. 아카샤는 고개를 마구 저으면서 또다시 생각에 잠겼다.

'무슨 일이 일어날지도 모르는데, 미리 긁어 부스럼을 만들 필요는 없겠지. 일단은 연구실에 가서 솜니아베로부터 가져오자. 그다음 일은 그때 가서 생각하고.'

다음 날 오전, 초인종이 시끄럽게 울려 댔다. 아카샤는 창문으로 밖을 내다봤다.

"드디어 왔네."

아카샤는 요하난에게 한시름 놓았다는 듯이 말하며 문 열림 버튼을 눌렀다. 메얼린이 잰걸음으로 계단을 올라왔다. 방으로 들어서기가 무섭게 메얼린의 입에서 욕부터 튀어나왔다.

"나쁜 자식!"

순간, 요하난 얼굴이 하얘졌다.

"누구? 파울루스 박사?"

"아니! 내 멍청한 동생 말이야!"

그렇게 말하는 메얼린은 화가 무척 많이 난 것 같았다.

"그 녀석이 어떻게 알았는지, 어제 내가 여기 다녀간 걸 엄마 아빠한테 이른 거야. 그 바람에 집에 돌아가자마자 엄청 혼이 났지. 나는 하도 화가 치밀어서 미하엘을 살짝 밀쳤는데, 그것 때문에 밤새도록 방 안에 갇혀 있었어. 오늘 하루도 외출 금지령이 떨어졌고."

"외출 금지령? 그런데 여기는 어떻게 왔어?"

아카샤가 묻자, 메얼린이 의기양양하게 말했다.

"그거야 슬그머니 빠져나온 거지. 설마 너희 둘만 호랑이 굴로 들여보낼 순 없잖아."

"그러다 엄마 아빠가 여기로 찾아오시면 어쩌려고?"

메얼린이 히죽 웃으며 낡은 소파 위에 털썩 주저앉았다.

"걱정 마! 그럴 일은 절대로 없을 테니까. 우리 엄마 아빠는 내가 어디로 갔는지도 모르시는데, 뭐. 창문 앞에 있는 자작나무를 타고 탈출했거든.”

메얼린은 잔뜩 신이 나서 자신의 무용담을 늘어놓았다.

“근데 먹을 것 좀 있어? 아침도 못 먹었거든.”

메얼린이 부엌 쪽을 쳐다보며 묻자, 아카샤가 고개를 저었다.

“내가 나가서 뭐라도 좀 사 올게.”

메얼린이 신발을 도로 신으며 말했다.

“그래? 그럼 같이 가! 우리가 망볼 테니까, 너는…….”

아카샤가 메얼린의 말을 톡 잘랐다.

“나한테 돈 있어. 저 건너편에 있는 터키 상회로 가자. 거기는 일요일에도 문을 열거든.”

“거기 가면 고기 말고도 먹을 만한 게 있을까?”

요하난이 레이저 칼을 갈릴레오가 들어 있는 봉지에 넣으면서 물었다.

“그럼!”

아카샤와 메얼린이 합창이라도 하듯 동시에 대답했다. 아카샤가 킥킥거리며 말했다.

“걱정하지 마. 터키 상회에는 네가 원하는 야채가 잔뜩 쌓여 있으니까.”

집 밖으로 나서자, 파란 하늘에 금빛 햇살이 환하게 빛났다. 거리에는 사람들이 거의 보이지 않았다. 맞은편의 조그만 노상 카페에 늦은 아침을 먹는 사람 몇몇이 앉아 있을 뿐이었다.

세 아이는 산책이라도 하듯 여유롭게 걸어서 터키 상회에 도착했다. 빵과 먹을거리를 산 다음, 자리를 잡아 앉았다. 아카샤는 오늘 밤 12시에 미래로 가는 시간의 문이 열린다는 사실이 자꾸만 꿈속 이야기처럼 느껴졌다. 주위는 너무도 평온했다. 어쩌면 이 도시를 영영 떠날지도 모른다는 생각이 들자, 가슴 한편이 슬며시 아리기까지 했다.

메얼린이 봉지에서 갈릴레오를 꺼내며 말했다.

"어디 한번 찾아보자고. 이따가 저녁때 뭘 타고 가는 게 가장 좋을지 말이야."

아카샤가 짜증스런 목소리로 말했다.

"빨간색 노선 지하철을 타고 가면 돼!"

"시간도 많은데 한 번 더 봐 둔다고 손해 볼 건 없잖아!"

메얼린이 고집을 부리며 갈릴레오에 배터리를 끼워 넣었다.

"작은 버튼 누르는 거 잊지 말고!"

요하난이 메얼린에게 기억을 상기시켜 주었다.

"맞아! 그랬지!"

아카샤가 갈릴레오를 들여다보며 설명했다.

"여기, 이 빨간색 선 보이지? 이곳이 바로 에른스트로이터 광장역이야. 그리고 그 뒤 캠퍼스 뒤편에서부터 동물원이 시작되는 거고."

아카샤가 손가락으로 베를린 시내 지도 위의 초록색 구역을 왼쪽에서 오른쪽으로 쭉 그어 보이면서 말했다.

"동물원이라고? 거기 가면 동물들이 많이 있어?"

요하난이 눈을 반짝이며 물었다.

"응, 하지만 동물들이 대부분 나무 밑에 숨어 있어."

아카샤가 대답하자 메얼린도 고개를 끄덕였다.

"맞아. 그래서 동물들을 가까이서 보고 싶으면, 그 옆에 있는 동물원으로 가야 해. 우리 아빠가 일하시는 동물원 말이야!"

"그러기에는 시간이 부족하겠지?"

요하난이 아쉬워하며 묻자 아카샤가 말했다.

"어차피 오늘 저녁에 우리는 그 앞을 지나가야 해. 그러니까 조금 더 일찍 출발하면 괜찮지 않을까?"

그때 메얼린의 휴대폰이 울렸다. 메얼린이 휴대폰을 힐끔 내려다보더니 인상을 찌푸렸다.

"엄마야?"

요하난이 물었다. 메얼린이 고개를 끄덕였다.

"응, 전화 안 받을 거야."

아카샤는 시계를 들여다보았다. 조금 있으면 정오였다. 마치 시간이 팽창해서 오늘 하루가 다른 날들보다 더 길어진 것처럼 느껴졌다. 아카샤가 자리에서 벌떡 일어서며 말했다.

"아직 시간이 많이 남았어. 일단은 엥겔베켄에 갔다 오자. 여기서 그리 멀지 않아. 거기 가면 마음을 가라앉히고 쉴 수 있을 거야."

　도시 한가운데 자리한 녹지대를 유유히 걷던 세 아이는 어느새 제법 깊은 연못이 있는 공원에 도착했다. 세 아이는 매점으로 가서 아이스크림을 샀다. 그런 다음 물가에 앉아 마른 모래 위에서 놀고 있는 참새들을 구경했다.

　어느 정도 시간이 흘렀을 때, 세 아이는 일어나 집으로 돌아갔다. 아카샤는 문을 열려고 현관문 앞에 섰다. 그때 갑자기 무슨 소리가 들려 무심코 고개를 돌렸다. 안마당과 작은 정원을 가르는 빨간색 담장 위에 아홉 살쯤 된 사내아이가 앉아 있었다. 머리색은 빨갰고, 얼굴에는 주근깨가 가득했다.

"미하엘?"

메얼린이 깜짝 놀라 소리쳤다. 그 순간, 아카샤의 눈썹이 절로 치켜 올라갔다.

'저 녀석이 바로 그 유명한 메얼린의 동생 미하엘이었어? 그런데 대체 여기서 뭘 하고 있는 거지?'

"여긴 어떻게 알고 왔어?"

메얼린이 화난 목소리로 물었다. 미하엘이 대문 밖을 슬쩍 훔쳐보더니, 담장에서 폴짝 뛰어내려 세 아이 쪽으로 다가왔다. 그러곤 자랑스레 대답했다.

"자전거 타고 왔어!"

미하엘이 갑자기 목소리를 낮춰 속삭이듯 말했다.

"형이 모르는 걸 나는 알고 있어! 음, 뭐냐고? 형하고 형의 새 친구는 지금 쫓기고 있어!"

미하엘이 요하난을 호기심 어린 눈으로 쳐다보았다. 메얼린이 답답하단 듯 한숨을 내쉬며 말했다.

"그거야 형도 이미 잘 알고 있거든! 하지만 그건 미하엘 너하고 아무 상관 없는 일이야. 그런데 왜 여기까지 따라와서 귀찮게 구는 건데? 그리고 내가 여기 있다는 건 어떻게 알아냈어? 오늘은 정말로 너랑 놀아 줄 시간이 없단 말이야!"

"그거야 아주 간단하지. 어제 형 휴대폰에 남아 있는 전화번호를 형네 반 주소록과 비교해 봤거든."

미하엘은 그 정도는 아무것도 아니란 듯이 대답했다.

"주소록에 바로 여기 주소가 적혀 있었어. 그래서 컴퓨터로 지도를 불러내 여기로 오는 길을 확인했지."

아카샤가 둘의 대화 사이로 끼어들며 물었다.

"미하엘, 엄마도 네가 이리로 온 거 알고 계셔?"

미하엘이 고개를 가로저었다.

"아니! 나는 엄마가 집에 찾아온 손님하고 얘기하는 틈을 타서 몰래 빠져나왔어."

미하엘은 숨을 한번 깊이 들이마시고는 다시 메얼린을 쳐다보며 말했다.

"엄마를 찾아온 사람은 검정색 선글라스를 쓰고 있었어. 그리고 형이랑 형 친구에 대해 물었고."

"뭐라고?"

메얼린과 요하난이 똑같이 깜짝 놀라며 되물었다.

메얼린과 요하난이 보여 준 반응에 신이 난 미하엘은 계속해서 이야기를 늘어놓았다.

"사실 난 형이 창문으로 빠져나가 자작나무를 타고 내려가는 걸 지켜보고 있었거든. 하지만 엄마한테는 아무 말도 안 했어! 그 아저씨는 형이 나가고 한 시간쯤 뒤에 찾아왔어. 나는 그 아저씨가 엄마에게 하는 얘기를 몰래 엿들었지."

"그 사람이 뭐라고 그랬어?"

메얼린이 물었다. 그때 아카샤가 다시 한 번 끼어들었다.

"여기서 이럴 게 아니라, 위로 올라가서 얘기하자."

미하엘이 고개를 끄덕였다.

"누나 말이 맞아! 그 아저씨가 지금 저기 앉아서 이 집을 지켜보고 있거든! 저기 길 건너편 카페에 앉아서 말이야!"

미하엘은 이렇게 말하면서 대문 쪽을 가리켰다.

"이제 동물원 구경은 물 건너갔네!"

메얼린이 언짢은 목소리로 말했다. 잠시 뒤 미하엘은 메얼린 옆에 책상다리를 하고 앉아 남아 있던 빵을 모조리 먹어 치웠다. 요하난은 얼른 화장실로 뛰어갔다. 미하엘이 파울루스 박사의 존재를 알려 준 뒤부터 코피가 났기 때문이다.

아카샤는 창가에 서서 가쁜 숨을 몰아쉬며 안마당을 주시하고 있었다. 조금 전처럼 4층 계단을 그렇게 빨리 뛰어오른 적은 이제껏 단 한 번도 없었다. 아카샤가 나직이 물었다.

"너희가 여기 와 있는 걸 그 사람이 어떻게 알아냈을까?"

메얼린은 짜증난다는 얼굴로 미하엘을 바라보며 말했다.

"뻔하지. 미하엘이 일러바쳤거나 뒤에 달고 왔을 거야."

미하엘이 억울해하며 소리쳤다.

"아냐! 난 심지어 형한테 조심하라고 전화까지 했단 말이야!"

"그럼 아까 전화했던 게 엄마가 아니라 너였어?"

메얼린의 말에 미하엘이 고개를 끄덕였다.

"형이 전화를 안 받아서 내가 이리로 달려온 거라고. 그 아저씨는 자기가 형 친구 작은아빠라며, 형 친구가 집에서 가출했다고 했어. 아저씨는 형 친구가 어린이 보호용 위치 추적기의 송신기를 갖고 있대. 형도 벤 알지? 벤의 엄마가 벤이 어디 있는지 언제라도 알아내기 위해 사용하는 그 장치 말이야. 아저씨 말로는, 그 장치가 꺼지기 직전에 마지막으로 확인된 곳이 바로 우리 집이었대. 그래서 그 아저씨가 우리 집으로 찾아오게 된 거고."

그때 요하난이 방으로 돌아왔다. 코에는 동그랗게 뭉친 휴지 뭉치가 꽂혀 있었다. 다른 아이들은 요하난을 차가운 눈빛으로 쏘아보았다.

"왜 그래? 또 무슨 일 있어?"

"너, 어떻게 우리한테 새빨간 거짓말을 할 수가 있어?"

아카샤가 따지듯 물었다.

"뭐라고?"

"넌 미래에서 온 게 아니라며? 파울루스 박사가 네 작은아빠라며?"

"무슨 소리야?"

요하난은 어이없는 얼굴로 아카샤와 메얼린을 바라보았다.

"차라리 처음부터 우리한테 사실대로 털어놓았으면 더 좋았을 텐데. 그런데 집에서는 왜 도망쳐 나온 거야?"

그렇게 말하는 메얼린의 목소리에는 실망감이 가득 배어 있었다. 요하난은 부르르 떨리는 목소리로 대꾸했다.

"난 도망쳐 나온 게 아냐! 그리고 너희한테 거짓말한 적도 없고!"

아카샤와 메얼린은 미심쩍은 눈초리로 서로를 바라보았다. 메얼린이 주저하며 다시 물었다.

"파울루스 박사가 그렇게 말했다는데?"

"너희도 홀로그램을 봤잖아! 그리고 레이저 칼도 봤고! 그 정도면 분명하지 않아? 나하고 파울루스 박사 중에서 누가 거짓말을 하고 있는지 말이야."

요하난은 단호한 목소리로 대꾸하며 손에 묻은 코피를 바지에 쓱 닦았다. 아카샤는 요하난의 말에 마음이 한결 놓였다. 요하난의 말이 진실이라고 확신할 수는 없지만, 적어도 파울루스 박사가 거짓말쟁이일 가능성이 훨씬 더 컸다. 어쨌거나 메얼린은 요하난의 말을 믿는 것 같았다.

"파울루스 박사가 위치 추적기를 갖고 있는 게 분명해. 그렇지 않다면 우리가 여기 있다는 걸 어떻게 알아냈겠어?"

메얼린은 뭔가 짚이는 게 있는 듯 미하엘에게 물었다.

"그리고 그다음엔 어떻게 됐어?"

"그 아저씨가 엄마에게 형 친구를 보게 되면 자기한테 바로 연락해 달라고 부탁했어. 그때 갑자기 아저씨가 쓰고 있던 선글라스에서 삐익 하는 소리가 들렸어. 그러자 아저씨는 간다는 말도 없이 번개처럼 사라져 버렸어."

"그렇다면 송신기가 다시 켜졌다는 말인데……."

아카샤가 말했다. 그 순간 메얼린의 얼굴이 창백해졌다.

"미하엘, 그때가 언제쯤이었어? 정확히 언제쯤이었는지 기억할 수 있겠어?"

"아마 12시 전후일 거야. 그러지 말고 형 휴대폰을 한번 봐. 나한테서 전화 왔던 게 언제였는지."

요하난이 잠긴 목소리로 말했다.

"갈릴레오야! 12시쯤이면, 네가 갈릴레오에 배터리를 다시 끼워 넣었을 때거든."

메얼린도 고개를 끄덕이며, 주머니에서 갈릴레오를 꺼냈다. 마치 독사라도 만지듯 조심스레 탁자 위에 내려놓았다.

"배터리를 빼내! 얼른!"

아카샤가 다급한 목소리로 재촉하자 메얼린이 말했다.

"아니야! 어차피 파울루스 박사는 우리가 여기 있다는 걸 이미 알고 있어. 그런데 왜 당장 나타나서 요하난을 데려가지 않는 걸까? 그 사람은 분명 무언가를 기다리고 있는 거야. 우리 뒤를 밟으면서 감시하고 있는 거라고! 만약 우리가 신호를 지금 꺼 버리면……."

"이리로 들어오겠지."

요하난이 끝말잇기처럼 이어 말하자, 메얼린이 천천히 고개

를 끄덕였다.

"이럴 수도 없고 저럴 수도 없고, 이거야말로 진퇴양난이네!"

저녁 9시 15분, 마침내 휴대폰이 울렸다. 아카샤는 휴대폰을 바라보았다. 메얼린에게서 걸려 온 전화였다. 미리 약속해 둔 대로 전화를 받지 않고 요하난과 함께 집을 나섰다. 둘은 벽에 바짝 붙은 채 조심조심 대문 앞까지 나아가, 길 건너편 카페 쪽을 살폈다. 거리의 의자는 모두 비어 있었다. 아카샤는 속으로 중얼거렸다.

'우리 작전이 맞아떨어졌어!'

파울루스 박사는 지금쯤 메얼린의 집으로 가고 있는 중일 것이다. 그렇다면 박사의 연구실은 텅 비어 있을 게 틀림없었다. 아카샤가 뒤돌아보며 요하난에게 말했다.

"내가 앞서 갈게. 너는 여기서 스물까지 세. 그때까지 내가 돌아오지 않으면 너도 출발하는 거야. 알았지?"

요하난은 아카샤를 무덤덤한 얼굴로 바라보며 아무 말 없이 고개만 끄덕였다. 사실 요하난은 파울루스 박사의 연구실에 숨어 들어가 솜니아베로를 가져오자는 계획에 한사코 반대했다. 차라리 아카샤 집에서 잠자코 기다리고 있다가 시간에 맞추어 브란덴부르크 문으로 가고 싶어 했다. 박사가 다시 나타난 뒤부터, 집으로 돌아갈 수 있을 거란 기대가 흔들리고 있었기 때문이다.

아카샤는 대문에서 쪼르륵 빠져나가 길을 건넌 다음, 근처 카페 쪽으로 조금씩 접근해 갔다. 카페 문에는 영업이 끝났음을 알리는 안내판이 걸려 있었다.

그때 길 건너편에서 열려진 대문 사이로 요하난이 슬그머니 모습을 나타내더니, 아카샤가 알려 준 방향으로 냅다 달렸다. 아카샤는 일정한 거리를 유지한 채 요하난을 뒤따라갔다. 그리고 몇 분이 지나서야 비로소 요하난과 합류했다.

"그 사람은 가고 없어?"

요하난이 물었다. 아카샤는 고개를 끄덕였다.

"하지만 아직 조심해야 해. 어딘가에 숨어 있을지도 모르니까."

요하난이 초조한 듯 걸음을 멈추고 주위를 둘러보자, 아카샤가 나직이 속삭였다.

"계속해서 걸어가. 만약에 파울루스 박사가 나타난다면, 지하철에서 떨어뜨리면 돼. 우리가 어디로 가고 있는지 박사는 전혀 모르니까."

아카샤와 요하난은 코트부스 성문 지하철역을 향해 빠른 걸음으로 걸어갔다. 평소 같았으면 아카샤는 이 길로 절대 다니지 않았다. 이곳은 크로이츠베르크에서도 가장 위험한 지역에 속했다. 하지만 서둘러 지하철역으로 가야 하는 지금의 상황에서는 어쩔 수가 없었다.

둘은 다행히 별다른 문제 없이 지하철역에 도착해 울란트슈트라세 방향으로 가는 지하철에 올랐다. 뒤쫓아 오는 사람은 없었다. 지하철에는 승객이 거의 보이지 않았다. 오늘은 일요일 저녁이었고, 텔레비전에서 분데스리가의 축구 경기를 중계하고 있기 때문인 듯했다.

"저기가 바로 연구소야."

삼십 분쯤 지난 뒤, 지하철역을 빠져나온 아카샤가 한 건물을 가리켰다. 차선이 엄청 많은 도로 건너편에 높다란 건물이 우뚝 서 있었다. 아카샤가 요하난에게 어떻게 연구소로 들어가는지 설명해 주었다.

"우리는 뒷문 쪽으로 들어갈 거야. 앞쪽에는 경비 아저씨가 앉아 있거든."

아카샤와 요하난은 도로를 건너 유리문 앞에 이르렀다. 유리문 뒤편으로는 위층으로 올라가는 계단이 있었다. 유리문 앞에는 출입구가 아님을 알려 주는 안내판이 붙어 있었다.

"저런 건 신경 쓰지 않아도 돼! 어서 들어가자! 9층이야!"

아카샤가 문을 열며 나지막이 속삭였다. 둘은 서둘러 계단을 올라갔다. 마침내 9층에 다다르자, 아카샤가 미소를 지으며 주위를 둘러보았다.

"이제부터가 중요해! 저기, 저 중간 문을 지나면 안으로 들어갈 수 있어."

둘은 낑낑거리며 묵직한 철문을 힘겹게 밀어 열었다. 오래된 네온등 불빛 아래, 초록색 플라스틱으로 바닥 처리가 된 복도가 길게 뻗어 있었다. 복도 양쪽으로는 노란색 문이 줄지어 있었고, 문 옆에는 포스터와 안내문이 붙어 있었다.

"이제는 어떻게 해?"

요하난이 묻자, 아카샤가 조금의 망설임도 없이 말했다.

"이제 파울루스 박사의 연구실이 어디인지 찾아야지."

둘은 복도를 따라 조심조심 걸어가며, 문 옆에 붙어 있는 이름표를 확인했다.

"여기야!"

요하난이 소리쳤다. 파울루스 박사의 연구실은 복도 오른쪽 맨 끝에 있었다. 아카샤가 주머니에서 열쇠를 꺼내 열쇠 구멍에 꽂아 넣었다. 하지만 맞지 않았다.

"뭐야? 열쇠가 안 맞잖아?"

요하난이 투덜거리자, 아카샤가 지지 않고 맞받아쳤다.

"입 좀 다물고 있어 봐!"

아카샤는 열쇠 구멍에 열쇠를 다시 넣어 보았지만 아무 소용이 없었다.

"네가 가진 열쇠가 연구소 안에 있는 모든 문에 다 맞는다며?"

"4층 연구실 문은 다 열 수 있었단 말이야."

"말도 안 되는 소리 좀 그만해! 너 때문에 괜히 여기까지 헛걸음했잖아!"

요하난이 화를 내자, 아카샤도 화가 나 소리쳤다.

"그게 무슨 소리야? 나는 지금 너 때문에 여기 와 있는 거라고. 벌써 잊었어?"

요하난이 고개를 흔들며 말했다.

"그건 아니지! 여기까지 온 건 네가 꼭 그래야 한다고 우겼기 때문이야."

"네 배낭을 찾으려고 온 거잖아."

요하난과 아카샤는 뾰로통한 얼굴로 서로를 마주 보고 서 있었다. 그러다 아카샤는 뭔가 이상한 낌새를 느꼈다. 가만히 귀를 기울였다.

'우리가 주고받는 말이 텅 빈 복도에서 울린 걸까? 아니면 다른 누군가가 있는 거야?'

그러다 아카샤가 깜짝 놀라 외쳤다.

"쉿! 저기, 누군가 오고 있어!"

요하난도 깜짝 놀랐다. 분명 누군가가 걸어오는 발걸음 소리가 들렸다. 그리고 그 발걸음 소리는 조금 전에 둘이 지나왔던 철문 쪽으로 다가오고 있었다.

"어서 이리로 와!"

아카샤는 요하난을 데리고 서둘러 모퉁이를 돌았고, 유리문을 지나 똑같이 생긴 다른 복도로 들어섰다. 발걸음 소리는 점점 더 가까워지고 있었다. 복도 끝에는 유리문이 하나 더 있었다. 둘은 유리문을 지나 연구소 입구에 섰다. 아카샤가 요하난을 왼쪽 벽 쪽으로 잡아끌었다. 발걸음 소리가 유리문 쪽으로 다가오고 있었다.

아카샤는 바짝 긴장한 채 얼른 주위를 둘러보았다. 맞은편에는 엘리베이터 두 대와 비상계단이 있었다. 왼쪽으로는 밖으로 통하는 유리문이 있었다. 그 유리문은 바깥쪽 발코니로 연결되었고, 발코니는 건물을 빙 둘러싸고 있는 듯했다. 아카샤는 손잡이를 한번 눌러 보았다. 뜻밖에도 문이 금세 열렸다. 둘은 슬그머니 밖으로 나갔다. 밖으로 나가자마자 추위가 엄습했다. 뒤이어 문이 철커덕 소리를 내며 닫혔다.

아카샤는 머뭇거릴 수밖에 없었다. 그물 모양 금속판으로 만든 좁은 발판 아래로 건물의 돌바닥이 고스란히 들여다보였다. 다리가 후들거리면서 현기증이 일었다.

"어서 가! 뭘 기다리고 있는 거야?"

요하난이 아카샤 옆을 지나 앞서가며 재촉했다. 요하난은 아카샤와는 달리 높은 곳에 있어도 아무렇지도 않은 듯했다. 아카샤는 이를 꽉 물고 후들거리는 무릎에 애써 힘을 준 채 요하난을 따라 모퉁이를 돌아섰다.

그 순간, 입에서는 절로 신음 소리가 새어 나왔다. 쇠줄로 고정시켜 놓은 발판이 거대한 건물 반대편으로 계속 이어져 있었기 때문이다. 난간이 없는 오른쪽 아래로는 돌바닥이 입을 쩍 벌리고 있었다.

요하난이 속삭였다.

"어서 가자. 아래는 보지 말고!"

둘은 건물 벽에 바짝 달라붙은 채 발판을 따라 걸어갔다. 건물 모퉁이를 돌아서는 순간, 둘은 소스라치게 놀라며 그 자리에 멈추어 섰다. 발판이 끝나 더 이상 앞으로 나아갈 수가 없었다. 누군가가 뒤에서 쫓아온다면, 꼼짝없이 잡힐 상황이었다. 아카샤는 두 눈을 질끈 감았다.

둘은 겁에 질린 나머지, 몸을 잔뜩 웅크린 채 모퉁이에 가만히 앉아 있었다. 발아래로 자동차가 지나가고, 매 한 마리가 하늘을 날아가며 울었다. 그렇게 한참이 지났지만 아무 일도 일어나지 않았다. 요하난이 몸을 천천히 움직이며 아카샤에게 속삭였다.

"딴 데로 가 버렸나 봐. 이제 그만 돌아갈까?"

아카샤가 고개를 끄덕였다. 둘은 조심조심 균형을 유지하며 왔던 길로 되돌아갔다. 건물 벽을 따라가다 보니, 창문으로 연구실 안이 그대로 들여다보였다.

요하난이 갑자기 소리쳤다!

"저기, 내 배낭이 있어!"

요하난의 배낭은 텅 빈 채로 책상 위에 덩그러니 놓여 있었다.

"저기가 파울루스 박사의 연구실인가 봐!"

아카샤의 말에 요하난이 안타까워하며 물었다.

"저기로 들어갈 방법이 없을까?"

"글쎄, 생각 좀 해 보자."

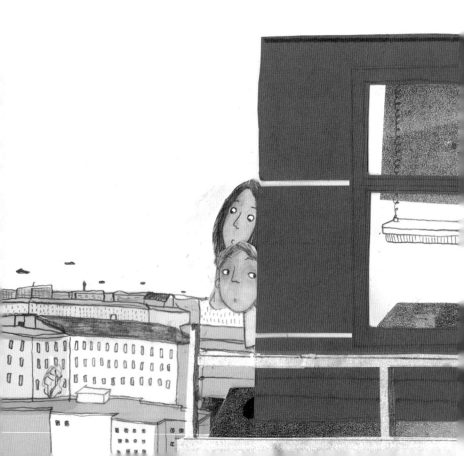

아카샤는 창문을 세심히 살폈다.

"여기 좀 봐! 이 창문이 비스듬히 열려 있어! 창문 안으로 손을 넣어서 열면 안으로 들어갈 수 있을지도 몰라!"

순간, 저도 모르게 발아래를 보고 만 아카샤가 몸을 부르르 떨었다.

"요하난, 네가 해 봐! 유리창 손잡이를 잡고 아래로 돌리면 문이 열릴 거야. 난 아무래도……."

요하난은 창턱에 올라서서 비스듬히 열려 있는 창문 안으로 손을 밀어 넣었다.

"조심해! 아래로 떨어지지 않게!"

아카샤는 걱정스런 목소리로 요하난에게 주의를 줬다. 요하난은 끙끙거리며 안간힘을 썼다. 드디어 손이 손잡이에 가 닿았다. 아래로 천천히 돌리자 창문이 스르륵 열렸다. 요하난과 아카샤는 잽싸게 연구실로 뛰어들었다.

"여기 내 태블릿이 있어!"

요하난이 흥분해서 소리치자 아카샤가 주의를 주었다.

"목소리 낮춰! 다른 물건들도 있는지 찾아봐야지."

둘은 연구실 안을 샅샅이 뒤졌다. 서랍을 꺼내 일일이 뒤져 보고, 책장 안도 구석구석 살펴보았다. 하지만 홀로그래피 장갑이나 솜니아베로는 그 어디에서도 보이지 않았다. 요하난과 아카샤는 실망한 기색을 감추지 못한 채 서로의 얼굴을 바라보았다.

"다른 물건들은 실험실에 있나 봐! 거기로 가 보자."

아카샤가 문 쪽으로 돌아서며 말했다. 그 순간, 문밖에서 머리 끝을 곤두서게 만드는 소리가 들려왔다. 열쇠 구멍에 열쇠가 꽂힐 때 나는 소리였다.

요하난이 속삭였다.

"발판으로 다시 나가자!"

둘은 얼른 창밖으로 나간 뒤, 발판을 따라 조심조심 걸어갔다. 아까 건물 밖으로 나올 때 지난 유리문이 보였다. 아카샤는 급히 달려가 유리문을 열려고 했지만, 바깥쪽에는 손잡이가 없었다.

"우리는 이제 꼼짝없이 갇혔나 봐!"

아카샤가 힘없는 목소리로 속삭였다. 가슴속에 커다란 두려움이 밀려왔다. 그때 요하난이 아카샤의 소매를 잡아끌며 나직이 말했다.

"저 위로 올라가 보자."

아카샤는 요하난의 말에 주위를 둘러보았다. 건물 모서리 쪽에, 나선형 계단이 연구소 지붕 위로 이어져 있었다. 아카샤는 절로 한숨이 나왔다. 하지만 계단을 오르는 것 말고는 별다른 방법이 없었다.

"네가 먼저 올라가. 내가 뒤에 바짝 붙어서 지켜 줄게."

요하난이 아카샤를 살짝 밀치면서 말했다. 아카샤는 길게 심호흡을 하면서 두려움을 떨치려고 노력했다. 곧 용기를 내 사다리 계단을 오르기 시작했다.

'아래는 내려다보지 말자. 저 아래 바닥만 내려다보지 않으면 괜찮을 거야!'

아카샤는 뒤쪽에서 들려오는 요하난의 숨소리가 커다란 의지가 되었다. 수직에 가까운 계단을 오르는 일은 생각보다는 수월했다. 곧 둘은 주변 건물들 위로 우뚝 솟은 연구소 옥상으로 올라갔다.

"이제 어떡하지?"

아카샤가 주위를 두리번거리며 묻자 요하난이 말했다.

"이제는 아래로 내려갈 수 있는 길을 찾아야지. 어딘가에 비상구가 있을 거야."

둘은 반대편에서 계단을 발견하고, 옥상으로 올라올 때보다 훨씬 편하게 아래로 내려갔다. 계단을 다 내려가자 유리문 두 개가 나타났다. 그중 하나에는 다행히 손잡이가 달려 있었다. 아카샤는 떨리는 손으로 손잡이를 눌렀다. 찰칵, 소리가 나면서 문이 열렸다. 어두컴컴하고 텅 빈 콘크리트 계단이 보였다. 비상구였다. 그 순간, 아카샤는 긴장이 풀려 바닥에 주저앉고 말았다.

"어서 가자!"

요하난이 나직이 속삭이며 계단을 뛰어 내려갔다. 아카샤도 기운을 내, 요하난을 뒤따라 내려가기 시작했다. 6층, 5층, 4층, 3층, 2층. 이제 한 층만 더 내려가면 끝이었다. 저 앞으로 건물 밖으로 나가는 문이 보였다.

그때 아카샤가 발을 헛딛는 바람에 비틀거렸다. 그리고 이제
껏 단 한 번도 아카샤에게 일어나지 않았던 일이 벌어졌다! 계
단에서 굴러떨어지면서 팔에 극심한 통증이 느껴졌다. 그리고
모든 것이 깜깜해졌다.

인류의 마지막 희망
∶
미하엘

"이럴 수도 없고 저럴 수도 없고, 이거야말로 진퇴양난이네!"

소파 반대편 끝에 앉은 메얼린 형이 중얼거렸다. 미하엘은 마지막 남은 빵조각을 한꺼번에 입에 밀어 넣었다. 미하엘이 보기에는 별로 걱정할 일도 아닌 것 같은데, 형이 유난스레 벌벌 떠는 것 같았다. 물론 형과 친구들이 하는 이야기를 제대로 다 알아듣지는 못했다. 하지만 검은 선글라스를 낀 아저씨에게서 달아나야 한다는 사실만큼은 분명히 이해했다.

"도대체 뭐가 문제야?"

입안 가득 밀어 넣은 빵을 씹으며 미하엘이 물었다.

"우리는 검정 선글라스 아저씨한테 들키지 않고 여기서 빠져나갈 방법이 있는지 궁리하는 중이야."

　아카샤 누나가 친절하게 설명해 주었다. 하지만 메얼린 형은 늘 그랬듯, 미하엘을 무시한 채 한마디도 대꾸하지 않았다. 미하엘은 화가 치밀어 올랐다. 자기가 아니었으면, 그 박사인가 뭔가 하는 사람이 길 건너편 카페에 앉아 있다는 사실조차 몰랐을 거면서. 하지만 미하엘은 화를 내기보단 멋진 꾀를 내어 형과 친구들을 놀라게 해 주고 싶었다.

　"그런 거라면 간단하잖아! 한 사람이 먼저 나가서 그 아저씨를 다른 곳으로 유인하면 되지!"

　그 말을 듣자마자 메얼린 형과 친구들은 무릎을 치며 서로를 바라보았다. 아카샤 누나가 먼저 말했다.

　"맞아! 왜 진즉에 그 생각을 못 했을까? 나중에 다시 만날 장소만 정해 놓으면 되는데. 아주 훌륭한 아이디어야!"

　"어디로 갈 건데?"

　미하엘이 묻자, 메얼린 형이 여전히 무시하는 투로 대답했다.

"몰라도 돼. 너하고는 상관없는 일이······."

"어쩌면 그렇지 않을지도 몰라!"

아카샤 누나가 메얼린 형의 말을 가로막고 나섰다.

"파울루스 박사가 나타났으니 조심해야 한다고 알려 준 것도 결국은 미하엘이잖아!"

아카샤 누나가 미하엘을 똑바로 바라보며 말했다.

"우리는 박사가 일하는 연구실에 가서, 아무도 모르게 무언가를 가져와야만 해. 무슨 말인지 알겠지?"

미하엘이 고개를 끄덕였다. 메얼린 형이 생각하듯 자기가 그렇게 멍청하지 않을뿐더러, 필요하다면 입을 꾹 다물고 비밀을 지킬 수도 있다는 사실을 보여 주고 싶었다.

아카샤 누나가 계속해서 말했다.

"그다음에 요하난은 집으로 돌아가야만 해. 하지만 그 박사에게 절대로 들켜서는 안 돼!"

"그건 왜?"

"박사란 사람이 요하난을 뒤쫓고 있어. 그 아저씨는 나쁜 사람이야. 요하난을 납치하려고 해!"

"왜?"

그때 메얼린 형이 한숨을 내쉬며 소리쳤다.

"이제 그만 좀 물어라. 그건 그냥 그런 거야. 그러니까 모든 걸 알려고 하지 마. 그럴 필요도 없고."

미하엘은 기분이 나빠져서 팔짱을 끼고 메얼린 형을 째려보았다. 그러자 요하난 형이 말했다.

"왜인지는 나도 잘 몰라. 정말이야!"

요하난 형은 아직도 화장지를 둘둘 말아 콧구멍을 틀어막고 있었다. 그 모습이 꽤나 우스꽝스러워 보였다.

미하엘은 당당하게 자기 생각을 말했다.

"그 사람은 아마도 요하난 형이 미래에서 왔기 때문에 납치하려는 걸 거야. 그래서 자기가 형 친척이라고 거짓말도 한 거고."

요하난 형과 메얼린 형은 어이가 없는 듯 서로의 얼굴만 바라보았다. 아카샤 누나가 눈썹을 치켜뜨며 물었다.

"그런데 너는 어떻게……?"

"형들하고 누나가 말해 줬잖아! 그런데 미래가 어쩌고저쩌고하는 건 대체 무슨 소리야?"

미하엘이 또 질문을 하자, 메얼린 형이 다시 한숨을 내쉬었다.

"형이 나중에 다 말해 줄게. 지금은 말고, 응? 지금 당장은 몇 가지 급한 일부터 의논해야 해. 알았지? 대신 너도 형한테 약속부터 해야 해. 아무한테도 이 일에 대해 말하지 않는다고 말이야."

미하엘이 선뜻 대답했다.

"알았어. 약속할게!"

한동안, 지루한 시간이 흘러갔다. 먼저 메얼린 형과 친구들은 누가 파울루스 박사를 유인할 것인지 열심히 궁리했다. 하지만 결론은 뻔했다. 아무리 생각하고 생각해 봐도 메얼린 형 말고는 그 일을 맡을 사람이 없었기 때문이다.

요하난 형은 당연히 처음부터 대상에서 제외되었고, 아카샤 누나는 파울루스 박사의 연구실이 어디 있는지 알고 있는 유일한 사람이었다. 처음에 미하엘은 메얼린 형이 박사를 유인하는 것에 대해 반대하고 나섰지만, 아카샤 누나가 나서서 차근차근 이유를 대며 설득하자, 결국에는 그러겠다고 수긍하고 말았다.

미하엘은 창문 밖을 감시하는 일을 혼자 맡아서 하겠다고 나섰다. 자신도 이번 일에 뭔가 한몫할 수 있다는 걸 보여 주고 싶었다. 하지만 망을 보는 일은 재미가 없었다. 아무 일도 일어나지 않았으니까.

미하엘은 망보기를 그만두고, 형과 누나들이 있는 소파에 가서 앉았다. 하릴없이 소파에 앉아 있으려니 몸이 배배 꼬이는 것 같았다. 마음 같아서는 지금 당장이라도 집으로 돌아가고 싶었다. 그러던 중에 요하난 형 옆에 놓여 있는 이상한 물건이 눈에 들어왔다. 미하엘은 손잡이가 부러진 조이 스틱처럼 생긴 그 물건을 집어 들었다.

"이리 줘! 내 거야!"

요하난 형이 황급히 소리치며 손을 내밀었다.

"이게 뭐야?"

미하엘은 신기해하며 손잡이에 붙은 버튼을 슬쩍 눌렀다. 그 순간 손잡이에서 빛나는 광선이 스르륵 소리를 내며 뻗어 나왔다. 요하난 형은 움칫 놀라며 얼른 손을 거둬들였다.

그러자 메얼린 형이 화를 내며 소리쳤다.

"미하엘! 쓸데없는 짓 좀 그만해!"

미하엘도 깜짝 놀라 손잡이를 놓아 버렸다. 그러자 그 물건이 바닥으로 떨어지면서 칼날처럼 솟아났던 광선이 온데간데없이 사라졌다. 메얼린 형이 가슴을 쓸어내리며 미하엘을 나무랐다.

"뭐든 그렇게 무작정 만져 보다가 다치기라도 하면 어쩔 거야? 그건 레이저 칼이야. 아주 위험한 거라고!"

미하엘은 한숨을 길게 내쉬며, 벽에 걸린 시계를 올려다보았다. 아직도 다섯 시간이나 남아 있었다.

마침내 저녁 어스름이 깃들기 시작했다. 계획한 대로 출발할 시각이 되었다. 메얼린 형이 미하엘에게 말했다.

"이제 가자! 형이 집까지 데려다줄게."

메얼린 형은 갈릴레오를 집어 들고는 요하난 형과 티셔츠를 바꿔 입었다. 그런 다음 둘이서 귓속말을 나눴다. 아마도 이따가 언제 어디서 만날지 약속하는 것 같았다.

"형은 아직도 외출 금지 상태인 거 알지?"

미하엘이 계단을 걸어 내려가면서 메얼린 형에게 물었다.

"그게 뭐 어때서?"

메얼린 형은 미하엘의 말이 무슨 뜻인지 전혀 모르겠다는 듯이 물었다.

"벌써 9시가 지났어. 그러니까 일단 집에 들어가면, 엄마는 절대로 형을 다시 밖으로 나가게 내버려 두지 않을 거란 말이지. 그렇잖아도 가뜩이나 혼날 일만 남아 있는데."

"나는 집에 안 들어가. 너를 문 앞까지만 데려다줄 거야."

"벌써 날이 이렇게 어두워졌는데?"

"그래서?"

미하엘은 그렇게 되묻는 메얼린 형이 답답하기만 했다.

"어두워지고 나면 밖에 나가선 안 되는 거 몰라? 더구나 요즘은 늑대도 돌아다닌다잖아! 그 늑대는 엄청 위험한대. 어제는 동물원에 나타나 개도 한 마리 물어 죽였대."

"그건 다 헛소문이야. 그리고 늑대는 개를 공격하지 않아!"

"아니야. 진짜야! 인터넷 방송에도 나왔어. 그 늑대는 어느 사파리 공원에서 탈출한 거 같대. 그러니까 해가 지고 나면 외출을 삼가라고 분명히 그랬다고!"

메얼린 형이 어깨를 으쓱해 보이며 말했다.

"미하엘, 늑대라고 무조건 무서워할 필요는 없어."

"하지만 아빠도 분명히……."

"아빠가 그렇게 말하는 건, 사람들이 늑대를 놀라게 만들거나 자극해서 쫓아 버릴까 봐 걱정되어서 그러는 거야. 그렇게 되면 늑대를 사로잡을 수 없으니까."

메얼린 형이 대문을 빠져나와 큰길 쪽으로 걸어가며 미하엘에게 속삭였다.

"자, 정신 바짝 차리자! 이제부터 작전 개시니까."

메얼린 형의 목소리는 긴장한 탓인지 살며시 떨리고 있었다. 미하엘은 문득 낮에 타고 온 자전거가 생각나서 물었다.

"참, 내 자전거는 어떡하지?"

"그건 나중에 다시 가지러 오면 돼. 지금은 지하철을 타러 가야 하거든."

메얼린 형은 길을 걸어가면서도 연신 주위를 살폈다. 가끔씩은 갈릴레오를 슬그머니 들여다보기도 했다. 불안해하는 형의 기운이 미하엘에게도 슬슬 전염되었다. 게다가 아빠가 이 사실을 알기라도 하면 어쩌나, 하는 걱정까지 고개를 불쑥 쳐들었다.

"형은 그 사람이 어디 있는지 보여?"

미하엘이 걱정스레 묻자 메얼린 형이 대답했다.

"아직까지는 안 보여."

두 아이는 큰길을 따라 부지런히 걸어갔다. 마침내 메얼린 형이 멈춰 서더니, 주머니에서 갈릴레오를 꺼내 들고 긴장한 목소리로 말했다.

"미하엘! 이제 네가 도와줄 때야. 저 앞에 지하철역 보이지?"

"형도 나랑 같이 지하철 타고 가는 거 아니었어?"

미하엘이 걱정스러운 눈빛으로 메얼린 형을 쳐다보았다. 미하엘은 혼자서 지하철을 타야 한다는 게 아무래도 내키지 않았다.

"걱정 마! 형도 같이 탈 거야. 지금은 그 사람이 우릴 쫓아오고 있는지 확인해 보려는 거야. 그리고 아카샤한테 전화도 해야하잖아. 우리 계획대로 아무 문제 없이 착착 진행되고 있다는 걸 알려 줘야 하니까."

미하엘은 고개를 끄덕였다. 그렇게 하기로 약속했던 건 이미 들어서 알고 있었다.

"그러니까 넌 갈릴레오를 들고 계속 걸어가. 저기 길 맞은편에 보이는 지하철역 입구 보이지? 거기까지 걸어가는 거야."

미하엘은 형의 말에 다시 고개를 끄덕였다.

"그런 다음에는 지하철 승강장으로 가서 기다려. 지하철을 타지는 말고. 알았지? 만약에 그 사람이 갈릴레오가 보내는 신호를 따라오고 있다면, 여기쯤에서는 모습을 드러낼 수밖에 없어. 형은 몸을 숨기고 있다가 그 사람이 나타나는 걸 확인하는 대로 바로 따라 내려갈게. 그럼 너랑 나랑 승강장에서 만나는 거야. 무슨 말인지 알아들었지?"

미하엘은 고개를 끄덕이며 물었다.

"그런데 형이 오지 않으면?"

"걱정하지 마! 형이 너한테 꼭 갈 거니까. 혹시라도 형이 계속 보이지 않으면, 네가 이리로 올라와. 지금 우리가 서 있는 이 지하철 입구로 말이야. 그럼 형을 만날 수 있어."

미하엘은 불안한 나머지 또 한 번 확인했다.

"형, 정말로 혼자서 어디 가려는 거 아니지?"

"아니라니까! 자, 이제 가 봐! 그리고 절대로 뒤돌아보지 마. 혹시라도 그 사람이 이상한 낌새라도 채면 곤란하니까. 알았지?"

미하엘은 내키지 않았지만 어쩔 수 없이 혼자 타박타박 걸어갔다. 맞은편에 있는 또 다른 지하철 입구까지는 이백 미터도 안 되는 짧은 거리였다. 하지만 미하엘에겐 엄청 길게만 느껴졌다. 서쪽 하늘로 사라지기 직전의 저녁 해가 미하엘의 어깨 위를 비추었고, 길 위로 미하엘의 그림자가 길게 드리웠다. 미하엘 머릿속에는 자신의 그림자를 덮어 버릴 만큼 크고 기다란 그림자가 그려졌다. 미하엘은 더럭 겁이 나서 발걸음을 재촉했다.

마침내 지하철 입구가 보였다. 미하엘은 서둘러 길을 건넌 뒤 잠시 계단 위에 멈춰 섰다. 어둠 속에 검정색 자동차 한 대가 서 있는 게 보였다. 미하엘은 계단을 잽싸게 뛰어 내려갔다. 때마침 지하철이 승강장으로 들어왔다. 그때 승강장 저쪽 끝에서 메얼린 형이 나타나 미하엘을 향해 달려오며 소리쳤다.

"미하엘! 어서 타!"

미하엘은 깜짝 놀란 나머지, 지하철을 타지 못하고 머뭇거렸다. 지하철 문에 달린 신호가 깜박거리는 순간, 번개같이 달려온 메얼린 형이 미하엘을 낚아채 지하철 안으로 몸을 날렸다. 뒤이

어 스르륵 소리를 내며 문이 닫히고 지하철이 출발했다.

"그 사람이 나타났어?"

미하엘이 떨리는 목소리로 물었다. 메얼린 형이 가쁜 숨을 몰아쉬며 대답했다.

"응, 자동차에 타고 있었어. 도대체 언제 따라붙은 걸까? 혹시라도 나를 알아봤을까 봐 걱정이네."

"혹시 검정색 자동차였어? 그럼 나도 본 것 같은데. 어쨌거나 이제는 우리를 더 이상 쫓아오지 못하겠지? 그렇지?"

메얼린 형이 고개를 끄덕였지만 왠지 자신이 없어 보였다.

"그 박사가 잡으려는 사람은 우리가 아니잖아? 그렇지?"

미하엘이 또 물었지만, 메얼린 형은 더 이상 대꾸하지 않았다. 그 대신 갈릴레오를 슬그머니 좌석 아래로 떨어뜨렸다. 그러곤

두 발로 좌석 안쪽으로 가능한 한 멀리 밀어 넣었다.

미하엘은 가만히 생각했다.

'이럴 때 아빠가 같이 있으면 좋을 텐데.'

미하엘은 메얼린 형과 함께 쇤하우저알레 역에 내린 후, 프렌츠라우어베르크 쪽으로 난 계단을 내려갔다. 차단기 앞을 지키고 있던 경찰이 둘을 무심히 바라보았다. 곧 길을 건너 분수대가 있는 작은 공원으로 들어섰다.

미하엘은 잘 알고 있는 동네에 들어오자 마음이 한결 놓였다. 잠시나마 겁을 집어먹었던 게 바보 같다는 생각이 들었다. 파울루스 박사가 메얼린 형과 자신에게 해코지할 이유가 전혀 없었기 때문이다. 미하엘은 형에게 친구들을 만나기로 한 장소에 자기도 같이 데려가 달라고 말을 해 볼까, 하고 잠깐 생각했다.

미하엘은 머릿속에 떠오르는 이런저런 생각을 하며 천천히 걸어갔다. 그때 갑자기 누군가가 멱살을 움켜잡았다. 미하엘이 깜짝 놀라 비명을 지르려 했지만, 커다란 손이 입을 틀어막아 그럴 수가 없었다.

"언제까지 나를 속일 수 있을 줄 알았지? 이 괘씸한 꼬맹이 녀석들 같으니!"

파울루스 박사가 표독스런 목소리로 말했다. 앞서 걸어가던 메얼린 형이 깜짝 놀라 뒤를 돌아봤다. 형이 무언가를 말하려고

하자, 파울루스 박사가 고개를 살래살래 저으며 경고했다.

"더 이상 내 앞에서 연극할 생각 말거라!"

"내 동생을 얼른 놓아줘요!"

메얼린 형이 잔뜩 독이 오른 표정으로 소리쳤다. 파울루스 박사가 이를 갈며 대꾸했다.

"너희가 나를 이곳으로 유인했으니, 당연히 그 대가를 치러야지. 더 이상 험한 꼴 당하고 싶지 않으면 어서 말해. 요하난은 어디 있냐?"

"나도 몰라요!"

"거짓말! 조금 전까지도 같이 있었잖아."

"요하난은 아직 그 집에 있어요."

파울루스 박사가 검정색 선글라스 너머로 메얼린 형을 바라보며 음흉한 목소리로 말했다.

"아하! 그래? 그럼 나랑 같이 그리로 가 보자. 하지만 미리 경고해 두는데, 만약에 요하난이 거기 없으면 너희는 아주 따끔한 맛을 보게 될 거다."

파울루스 박사가 돌아서더니 미하엘을 큰길 쪽으로 끌고 갔다. 미하엘은 겁에 질린 채 연신 주위를 둘러보았다. 하지만 공원은 텅 비어 있었다.

"우리는 아저씨 같은 거짓말쟁이랑은 아무 데도 같이 가고 싶지 않아요! 요하난이 조카란 말도 새빨간 거짓말이잖아요. 그러니까 얼른 놔줘요."

미하엘도 이번만큼은 메얼린 형하고 똑같은 생각이었다. 자신이 그렇게 생각한다는 것을 형에게 꼭 보여 주고 싶었다. 파울루스 박사의 손을 뿌리쳐 보았지만 꿈쩍도 하지 않았다.

"내 동생을 가만 놔두라고요!"

메얼린 형이 발을 동동 구르며 미친 듯이 소리쳤다.

"그러니까 얼른 요하난이 있는 곳을 대란 말이야!"

파울루스 박사도 지지 않고 맞받아 소리쳤다. 메얼린 형은 한순간 머뭇거렸다. 미하엘은 잔뜩 겁에 질린 채 생각했다.

'말해 줘! 얼른 말해 버리라고! 요하난이고 뭐고 우리가 알게 뭐야? 나는 이제 그냥 집에 가고 싶다고!'

"얼른 말하지 못해?"

파울루스 박사가 메얼린 형을 노려보며 미하엘의 귀를 잡아당겼다. 그래도 형은 말하지 않았다.

"요하난이 어디로 갔는지 네가 말해 봐. 너도 이제껏 그 아이랑 함께 있었잖아?"

파울루스 박사는 미하엘을 똑바로 바라보며 섬뜩한 목소리로 물었다. 미하엘은 부들부들 떨면서 메얼린 형을 쳐다보았다. 형은 강하게 고개를 저었다. 미하엘은 거칠게 숨을 몰아쉬면서 끝내 아무 말도 하지 않았다.

파울루스 박사는 한숨을 내쉬며 몸을 일으켰다. 한 손으로 미하엘을 꼭 붙잡은 채, 다른 손으로 쓰고 있던 선글라스를 벗어 주머니에 꽂았다. 박사는 손등으로 눈가를 훔치며 말했다.

"너희는 이번 일이 내게 얼마나 중요한지 이해하지 못할 거다. 나는 벌써 삼 년 전부터 그들을 뒤쫓고 있었어. 너희도 이미 알고 있겠지만, 그들은 미래에서 시간 여행을 온 사람들이야."

파울루스 박사는 메얼린 형을 힐끔 바라보았다. 하지만 형은 눈 하나 꿈쩍하지 않았다.

"너희는 아직 못 느끼고 있는 모양이다만, 우리가 사는 세상은 상상하기조차 끔찍한 상황으로 치닫고 있어. 너희도 생태계 위기라는 말 정도는 들어 본 적 있겠지? 아마존의 열대우림이 사라져 가고, 히말라야의 만년설이 녹아내리고 있어. 해수면은 점점 더 상승하고, 먹이사슬은 전 세계적으로 파괴되고 있지. 이러한 재앙은 더 이상 어느 한 지역만의 문제가 아니야."

파울루스 박사는 한숨을 내쉬었다.

"점점 더 최악으로 치닫는 지구 생태계는 안타깝게도 원래대로 되돌릴 수가 없어. 이대로 가다간 인류는 엄청난 위기에 빠질 게 뻔해. 이미 수많은 사람들이 이상 기후 때문에 죽어 가고 있어. 이 상황을 멈추게 할 수 있는 방법은 딱 한 가지밖에 없단다. 그건 바로 우리의 미래를 아는 거지. 인류의 미래만 알 수 있다면, 비록 많이 늦기는 했지만 생태계 파괴를 막을 수 있는 방법을 찾아낼 수 있을 거야. 그런 이유로 나는 시간 여행자들을 뒤쫓고 있는 거란다."

파울루스 박사는 주머니에서 무언가를 꺼내 높이 치켜들고는 중얼거리듯 말했다.

"안타깝게도 이제 우리 앞에는 요하난이란 미래 소년 한 명만이 남았구나. 그 아이는 우리가 뭔가를 시도해 볼 수 있는 마지막 희망이야."

"솜니아베로!"

메얼린 형이 깜짝 놀라 소리쳤다. 순간, 파울루스 박사의 눈썹이 꿈틀거리며 치켜 올라갔다.

"솜니아베로? 그게 이 약의 이름인가 보구나. 라틴어로 솜니아베로는 '꿈을 꾸게 되리라'는 뜻을 갖고 있지. 제법 적절한 이름이구나. 시간을 가로질러 여행을 한다는 건 마치 꿈을 꾸는 것과도 비슷할 테니까."

"아저씨가 요하난 배낭에서 훔친 거죠?"

파울루스 박사가 메얼린 형을 쏘아보았다.

"정확히 말하자면 훔친 게 아니라, 내가 찾아내 분석한 거지. 난 오늘 밤 12시에 미래로 가는 시간의 문이 열린다는 사실도 이미 알고 있어."

"하지만 시간의 문이 어디에서 열리는지는 아직 모르잖아요!"

메얼린 형이 소리치자, 파울루스 박사가 고개를 끄덕였다.

"그래, 그건 아직 몰라. 하지만 너희는 알고 있을 테지. 내게 그곳이 어딘지 말해 준다면, 그러면……."

"그럼 아저씨는 시간의 문을 통해 미래로 가려는 거예요?"

"그렇단다. 그러니까 네가 나를 좀 도와줄래? 나를 도와주는 게 인류를 살리는 길이 될 수도 있어."

미하엘은 메얼린 형을 쳐다보았다. 파울루스 박사의 말은 충분히 설득력이 있었다. 형은 생태계 보호에 관심이 많았다. 잠시 동안 형의 마음이 흔들리는 것처럼 보였다. 하지만 형은 세차게 고개를 저으며 말했다.

"미래로 여행하는 것은 아저씨에게 아무런 도움이 되지 못할 거예요. 아저씨가 말했던 것처럼 과거는 절대로 바꿀 수 없어요. 우리가 변화시킬 수 있는 건 오직 현재뿐이니까요. 그런데도 아저씨가 시간의 문을 찾아 미래로 여행하겠다고 고집을 부린다면, 요하난마저 집으로 돌아가지 못하게 될 수가 있어요."

파울루스 박사의 얼굴이 다시 어두워졌다. 박사는 미하엘을 꽉 움켜잡아 바짝 끌어당기고는 시계를 보았다.

"더 이상 이야기할 시간이 없구나. 이제 곧 10시다. 소중한 시간이 자꾸만 흘러가고 있어. 너희는 지금 당장 내가 원하는 것을 이야기해 주어야만 해. 그렇지 않으면……."

파울루스 박사가 미하엘을 마구 흔들어 대면서 협박했다.

"지금 이 순간은 내게 두 번 다시는 오지 않을 마지막 기회란 말이다. 너희 같은 꼬맹이들 때문에 망쳐 버릴 수 없어. 난 누구에게도 해를 끼치고 싶지 않아. 마지막으로 부탁한다. 제발 그곳이 어디인지 말해 다오. 그렇지 않으면 네 동생에게 어떤 일이 일어날지 몰라. 그건 모두 네 책임이다."

"우리 엄마가 벌써 우리를 찾고 있을 거예요."

메얼린 형이 소리치자, 파울루스 박사가 비웃으며 말했다.

"어쩌면 그럴 수도 있겠지. 네 동생이 엄마에게 아빠가 있는 동물원에 가겠다는 쪽지만 남겨 놓지 않았다면. 너희 집 거실에 두고 나온 자동차 키를 가지러 돌아갔다가 문틈에 꽂힌 그 쪽지를 발견했지. 너희 엄마는 그 쪽지를 읽고는 그다지 좋아하지는 않았지만, 그렇다고 크게 걱정하는 눈치도 아니었어. 그러니 아마도 지금쯤 너희가 아빠하고 함께 집으로 돌아오기만 기다리고 있을 게다."

파울루스 박사가 그렇게 말하며 미하엘의 목을 졸랐다. 미하엘을 움켜잡은 박사의 손에서는 금방이라도 폭발할 것 같은 분노가 느껴졌다.

"형! 제발!"

미하엘이 두려움에 싸인 목소리로 메얼린 형을 불렀다. 형은 두 주먹을 불끈 움켜쥐며 물었다.

"요하난이 어디 있는지 말해 주면, 내 동생을 놓아줄 건가요?"

"당연하지!"

파울루스 박사가 고개를 끄덕이며 대답했다.

"정말로요?"

"정말이다!"

"알았어요."

저 멀리 어디에선가 밤 10시를 알리는 종소리가 울렸다. 메얼린 형이 마침내 입을 열었다.

"요하난은……, 요하난은 아저씨 연구실로 갔어요."

"뭐? 내 연구실로?"

파울루스 박사는 몹시 당황해하며 되물었다.

"그래요! 아저씨 연구실에 있는 배낭과 물건을 찾으려고요."

"그다음에는?"

메얼린 형이 어깨를 으쓱해 보이며 대답했다.

"그것까지는 말해 주지 않았어요. 요하난은 차라리 우리가 모르는 게 더 낫다고 생각했거든요. 우리한테는 아저씨만 다른 곳으로 유인해 달라고 부탁했어요."

미하엘은 숨을 멈춘 채 머리를 굴렸다.

'저건 거짓말인데. 형은 대체 무슨 생각으로 저렇게 말하는 거지? 그나저나 파울루스 박사가 형의 말을 믿어 줄까?'

파울루스 박사는 고개를 끄덕이며 말했다.

"알았다. 그럼 이제 연구실로 함께 가 보자."

"하지만 요하난이 어디로 갔는지 말해 주면, 동생을……"

"네 동생을 집으로 보내 줄 거다. 하지만 지금은 아니야. 네가 말한 게 사실로 밝혀지면, 그때 그렇게 하도록 하지."

파울루스 박사는 미하엘을 끌고 공원 출구 쪽으로 성큼성큼 걸어갔다. 그곳에는 박사가 타고 온 검은색 자동차가 서 있었다. 그 자동차는 차체뿐만 아니라 유리창까지도 검은색으로 선팅되어 있었다. 박사는 자동차의 트렁크 뚜껑을 열었다.

"아냐! 싫어! 난 저 안에 들어가지 않을 거야!"

미하엘이 고래고래 소리를 지르며 몸부림을 쳤다.

파울루스 박사가 아직도 공원 문 앞에 쭈뼛거리며 서 있는 메얼린 형에게로 돌아서더니 말했다.

"이제 선택은 너에게 달려 있다. 내가 시키는 대로 너희 둘 다 차에 타고 갈래? 아니면 네 동생만 트렁크에 싣고 갈까?"

파울루스 박사의 커다란 자동차는 나직한 엔진 소리를 내며 동물원을 가로질러 달렸다. 개선 기념탑 위 물고기 조각상이 석양의 마지막 햇살을 받아 황금빛으로 반짝였다. 동물원 출구에 있는 검문소에서도 박사는 별다른 통제를 받지 않았다.

파울루스 박사가 검문을 하는 경찰들과 이야기하느라 잠시 정신이 팔려 있는 사이, 미하엘이 메얼린 형한테 물었다.

"왜 저 사람한테 거짓말로 둘러대지 않았어?"

메얼린 형이 조심스럽게 말했다.

"거짓말을 했다면 파울루스 박사가 금세 눈치챘을걸. 그리고 지금쯤이면 요하난과 아카샤가 연구실을 떠났을 거야. 연구실에는 얼른 들어갔다 바로 나왔을 테니까. 결국 우리는 박사를 엉뚱한 곳으로 유인해 시간을 벌고 있는 거나 마찬가지야."

"하지만 요하난 형이 거기 없는 걸 파울루스 박사가 곧 알게 될 텐데, 그때는 또 어떡하지?"

"우리는 어떻게든 시간을 끌면서 박사를 붙잡고 있기만 하면 돼. 12시가 되려면 이제 두 시간도 안 남았어. 어떻게든 틈을 봐서 휴대폰을 꺼내 볼게."

바로 그 순간, 미하엘은 검은 선글라스를 낀 파울루스 박사가 자동차 뒷거울로 자신들을 지켜보고 있다는 걸 눈치챘다. 메얼린 형은 휴대폰을 꺼내려고 바지 주머니를 만지작대다가 그만두었다.

파울루스 박사의 자동차는 곧 어두컴컴한 안마당으로 꺾어져 들어갔다. 높다란 연구소 건물의 수많은 창문 중에서 불빛이 새어 나오는 곳은 거의 없었다. 박사는 차를 주차한 뒤 둘을 데리고 지하실로 내려갔다. 박사는 문을 하나 열더니 이렇게 말했다.

"자, 일단 이 안에서 기다리고 있으렴. 참고로 말하는데, 이 건물에는 현관을 지키는 경비 말고는 아무도 없단다. 그러니 아무리 소리를 질러 대도 소용없을 거다."

파울루스 박사는 밖에서 문을 걸어 잠갔다. 미하엘은 얼굴을 문에다 바짝 들이대고 귀를 기울였다. 발자국 소리가 점점 멀어져 갔다. 미하엘은 형이 있는 쪽을 돌아보았다. 지하실 안은 짙은 어둠에 싸여 있었다. 천장 바로 아래에 나 있는 자그마한 창문 사이로 희미한 빛이 스며들 뿐이었다. 얼마쯤 지나 어둠에 눈이 적응하자, 빗자루와 양동이, 두루마리 화장지, 그리고 작은 사다리 등 청소 도구가 보였다.

"이제 어떡하지?"

미하엘이 물었다. 하지만 메얼린 형은 아무 대답도 하지 않았다. 그 대신 휴대폰을 손에 들고 열심히 만지작거리고 있었다.

"제기랄!"

메얼린 형 입에서 이내 투덜거리는 소리가 튀어나왔다.

"지하라 그런지 신호가 전혀 안 잡혀!"

미하엘은 문이 닫혀 있다는 걸 뻔히 알면서도, 혹시나 하는 마음에 손잡이를 마구 흔들어 보았다. 메얼린 형이 혼잣말하듯 중얼거렸다.

"어떻게든 요하난과 아카샤에게 조심하라고 알려 주어야 하는데. 혹시나 아직까지도 이 근처에 있을지도 모르잖아."

메얼린 형이 자그마한 창문 아래쪽으로 가더니 미하엘을 소리쳐 불렀다.

"미하엘! 이리 좀 와 봐!"

"왜?"

미하엘은 얼른 창문 아래로 다가갔다.

"혹시 저 창문으로 빠져나갈 수 있을까?"

"저 창문 있는 데까지는 어떻게 올라가고?"

"그건 저기 사다리를 타고 올라가면 될 거야!"

메얼린 형이 창문 가까이로 사다리를 가져왔다. 다행히도 창문 바깥쪽은 막혀 있지 않았다. 미하엘은 사다리를 타고 올라가 몸을 잔뜩 웅크린 채 쇠창살 사이로 겨우 빠져나갔다. 머리 위로 철로 만든 격자 모양의 깔판이 보였다. 미하엘은 머리로 깔판을 힘껏 밀어 올리며 몸을 일으켰다. 깔판이 삐익 소리를 내며 서서히 움직였다. 다시 몸을 숙이고는 지하실에 있는 메얼린 형을 향해 물었다.

"형, 성공했어! 그런데 이제는 어떻게 하면 돼?"

"요하난과 아카샤에게 동물원으로 해서 이곳을 빠져나가라고 전해 줘!"

"뭐? 동물원으로 해서 도망가라고? 이 밤에? 그러다 늑대라도 만나면 어떡하려고?"

메얼린 형이 당치도 않다는 듯 대답했다.

"미하엘, 설사 늑대가 있다 해도 사람을 보면 피해 갈 거야. 그러니 제발 바보같이 굴지 좀 마! 요하난은 밤 12시까지는 반드시 브란덴부르크 문에 가야 해. 어쩌면 요하난은 아카샤와 함께 이미 그리로 향해 가고 있는 중인지도 모르겠다. 어쨌든 이 휴대폰을 가지고 가. 그리고 신호가 잡히면 곧바로 아카샤한테 전화를 해. 알았지?”

메얼린 형은 쇠창살 사이로 휴대폰을 건네주었다. 미하엘이 휴대폰을 받아 주머니에 넣으며 물었다.

“알았어. 그런데 형은?”

“내 걱정은 하지 마. 형이 알아서 잘할 테니까. 자, 이제 그만 가 봐! 파울루스 박사가 돌아오기 전에 얼른!”

미하엘은 어두컴컴한 지하실을 한 번 더 돌아보고는 몸을 일으켜 세웠다. 깔판을 힘껏 밀어올려 밖으로 빠져나왔다. 미하엘이 서 있는 곳은 조금 전 파울루스 박사가 자동차를 주차했던 건물의 안마당이었다. 미하엘은 먼저 주위를 둘러보았다. 사방으로 높다란 콘크리트 벽이 에워싸고 있었고, 좌우 양쪽으로 출입구가 하나씩 나 있었다.

미하엘은 먼저 휴대폰을 꺼내 신호가 잡히는지부터 확인했다. 신호는 여전히 잡히지 않았다. 모든 것을 운에 맡긴 채, 한쪽 출입구를 선택해 달려 나갔다. 곧 빨간색 보도블록이 깔린 안마당이 나타났다. 드디어 휴대폰에 신호가 잡혔다. 미하엘은 휴대폰의 재발신 버튼을 눌렀다. 휴대폰에서 발신음이 울리기 시작했다. 그런데 아주 가까이에서 휴대폰 벨소리가 울렸다. 미하엘은 깜짝 놀라 주위를 두리번거렸다. 휴대폰 벨소리는 꽃밭 안 무성히 자란 덤불 사이에서 들려오고 있었다.

“메얼린?”

누군가가 목소리를 낮춰 메얼린 형을 불렀다. 뜻밖에도 요하난 형이었다!

"아니야. 나야, 미하엘!"

미하엘이 나직이 대답했다. 시커먼 덤불 뒤에서 요하난 형이 모습을 드러냈다.

"네가 웬일로 여기 와 있어?"

"형, 여기서 얼른 도망쳐야 해! 파울루스 박사가 와 있거든. 그 사람이 형의 뒤를 쫓고 있다고!"

미하엘은 숨도 쉬지 않고 속사포처럼 말을 쏟아 냈다.

"뭐라고? 그런데 메얼린은 어디 있어? 대체 어떻게 된 거야?"

"집에 가는 길에 파울루스 박사에게 붙잡혔어. 박사가 협박하는 바람에 형이 어디 있는지 말할 수밖에 없었어. 그런데도 박사가 우리를 이리로 끌고 와 지하실에 가두었어. 나는 간신히 빠져나왔지만, 우리 형은 아직도 지하실에 갇혀 있어."

요하난 형은 미하엘 이야기를 들으며 안절부절못하더니, 손으로 머리카락을 쓸어 넘기며 말했다.

"이제 어쩌면 좋지? 나는 브란덴부르크 문까지 가는 길을 모르는데, 아카샤는……. 혹시 지금 갈릴레오 갖고 있어?"

미하엘은 고개를 가로저었다.

"갈릴레오는 아까 지하철을 타고 가다가 메얼린 형이 파울루스 박사를 유인하려고 두고 내렸어. 그런데 아카샤 누나는 어디 있는 거야?"

"저기 덤불 뒤에 누워 있어. 계단을 내려오다가 넘어지면서 머리를 다치는 바람에 정신을 잃었거든. 여기까지 간신히 끌고 오기는 했는데, 피가 많이 나서 걱정이야."

요하난 형은 아랫입술을 매만지며 잠시 뭔가를 고민했다. 이윽고 마음을 굳힌 듯 말했다.

"나랑 같이 지하실로 가자. 메얼린을 데리고 오자고."

"하지만 지하실 문을 어떻게 열지?"

미하엘이 걱정스레 물었다.

"걱정 마! 이걸로 자물쇠를 끊어 버리면 돼!"

요하난 형이 주머니에서 레이저 칼을 꺼내며 말했다.

잠시 뒤 둘은 지하실로 내려가는 문 앞에 이르렀다. 문 안쪽 복도에 불이 켜져 있는 데다, 계단 아래로 내려가는 누군가의 그림자가 어릿거렸다.

"안 되겠다. 다시 나가자!"

요하난 형이 나직이 속삭였다. 미하엘은 요하난 형을 따라 출입구를 빠져나와 덤불 속에 몸을 숨겼다. 미하엘은 귀를 쫑긋 세운 채 귀를 기울였지만, 안마당 쪽에서는 아무 소리도 들리지 않았다. 아카샤 누나만이 땅바닥에 누운 채 신음 소리를 뱉고 있었다. 요하난 형은 아카샤 누나의 머리를 조심스레 자신의 무릎 위에 올려놓았다. 그러고는 옷자락으로 피를 닦아 주며 말을 걸어

보았다.

"아카샤, 내 말 들려?"

아카샤 누나가 다시 한 번 끙 하고 신음 소리를 내더니 천천히 눈을 떴다.

"괜찮아?"

요하난 형이 걱정스레 묻자 아카샤 누나가 힘겹게 대답했다.

"팔이 아파."

"부러진 거 같아?"

"모르겠어."

아카샤 누나가 조심스레 손가락을 움직여 보았다.

"부러진 건 아닌가 봐. 하지만 많이 아프네."

"걸을 수 있겠어? 미하엘이 여기 와 있어. 그리고 파울루스 박사도! 그래서 여기서 얼른 빠져나가야 해."

"그렇구나! 그런데 메얼린은?"

"메얼린은 파울루스 박사한테 붙잡혀서 지금 연구소 지하실에 갇혀 있대."

아카샤 누나가 힘들게 몸을 일으켜 앉았다.

"어때? 괜찮아?"

요하난 형이 다시 물었다. 아카샤 누나가 고개를 끄덕이다 인상을 찌푸렸다.

"머리가 아파. 하지만 괜찮아. 어서 가서 메얼린을 구하자."

요하난 형이 고개를 저으며 말했다.

"지금은 안 돼! 조금 전에 미하엘이랑 지하실 입구까지 갔다왔어. 그런데 누군가가 우리보다 앞서 지하실 계단을 내려가고 있었어. 분명 파울루스 박사일 거야. 그러니까 어서 빨리 도망쳐야 해."

"하지만 메얼린을 내버려 두고 우리만 갈 수는 없잖아?"

아카샤 누나의 말에 요하난 형이 복잡한 얼굴로 말했다.

"파울루스 박사는 메얼린한테는 아무 짓도 안 할 거야."

옆에서 잠자코 듣고만 있던 미하엘이 침을 꿀꺽 삼켰다. 미하엘은 요하난 형이 말하는 걸 곧이곧대로 믿을 수가 없었다. 갑자기 눈물이 날 것만 같아 목멘 소리로 말했다.

"내가 가서 사람들을 불러올게. 어른들에게 도와 달라고 하자. 맞다! 우리 아빠가 일하는 동물원이 이 근처에 있어. 그러니까 얼른 가서 아빠를 데리고 올게."

"안 돼!"

요하난 형과 아카샤 누나가 거의 동시에 소리쳤다. 아카샤 누나가 덧붙여 말했다.

"얼마 안 있어 시간의 문이 열릴 거야. 그러니 그때까지는 누구한테도 요하난의 존재를 알게 해서는 안 돼!"

요하난 형이 아카샤 누나를 바라보며 말했다.

"그리고 너한테도 그게 나을 거야!"

아카샤 누나가 깜짝 놀라며 요하난 형을 바라보았다.

"네 말이 맞아! 사람들이 우리를 보게 되면, 그냥 가게 내버려 두지 않을 거야."

"그럼 우리 형은 어떻게 하고?"

미하엘이 겁먹은 목소리로 물었다. 그러자 아카샤 누나가 미하엘에게 차분히 설명했다.

"내가 생각해도 요하난 말이 맞는 거 같아. 파울루스 박사는 메얼린이 아니고 요하난을 잡고 싶어 해. 그러니까 요하난이 일단 사라지고 나면, 더는 메얼린을 괴롭히지 않을 거야."

"어서 이곳에서 벗어나자!"

요하난 형이 재촉하자, 아카샤 누나가 몸을 일으키며 말했다.

"그래!"

세 아이는 혹시 무슨 소리라도 들리지 않는지 귀를 기울여 보았다. 하지만 주위는 고요했다.

"이제 출발할까?"

요하난 형이 묻자 아카샤 누나가 고개를 끄덕였다. 그러고는 요하난 형의 팔을 가볍게 잡으며 자못 진지한 목소리로 말했다.

"고마워, 나를 도와줘서."

요하난 형이 얼굴을 붉히며 말했다.

"나를 도와준 건 오히려 너희잖아!"

요하난 형이 갑자기 히죽 웃으며 말했다.

"그런데 너 진짜 무겁더라!"

아카샤 누나는 눈 한 번 깜짝 안 하고 대꾸했다.

"그건 살 아냐. 다 근육이야."

"맞아, 맞아!"

요하난 형도 피식 웃으며 아카샤 누나의 말에 동의했다. 그러자 아카샤 누나도 덩달아 실없이 웃다가 목소리를 낮춰 말했다.

"그런데 말이야, 우리가 찾으려던 걸 찾고, 그게 너에게 더 이상 필요하지 않다면……."

아카샤 누나는 땅을 내려다보며 말을 이었다.

"나도 너랑 같이 미래로 가야겠다고 생각했어. 원래는 이런 생각을 미리 말하지 않으려 했는데, 이제는 뭐 상관없어."

그 순간, 옆에서 듣고 있던 미하엘의 두 눈이 번쩍 뜨였다.

'요하난 형과 아카샤 누나가 연구실에서 찾으려 했던 게 아까 파울루스 박사가 손에 들고 있던 작은 병인 건가?'

미하엘이 얼른 말했다.

"형이랑 누나가 찾으려던 게 솜니아베로야? 그건 지금 파울루스 박사의 주머니 속에 들어 있어."

요하난 형과 아카샤 누나가 미하엘 쪽으로 홱 돌아서며 동시에 물었다.

"뭐라고?"

"파울루스 박사가 나하고 형한테 보여 줬거든. 그 사람도 그걸 가지고 미래로 가야 한다고 그랬어. 생태계의 위기인가 뭔가 때문에 그러는 거라면서 말이야."

"파울루스 박사는 과거를 바꾸려는 거야."

요하난 형이 속삭였다.

"과거가 아니라 미래겠지?"

아카샤 누나가 말했다.

"나한테는 과거고, 너희한테는 미래겠지. 어쨌든 상관없어. 박사는 어디서 시간의 문이 열리는지는 아직 모르니까."

요하난 형이 손을 돌려 팔뚝에서 반짝이는 문신 시계를 들여다보았다.

"이제 출발해야겠어. 서두르지 않으면 늦을지도 몰라. 이제 한 시간밖에 안 남았어!"

아카샤 누나가 말했다.

"아직 시간은 충분해."

미하엘은 여전히 머뭇거렸다.

'두 사람을 따라가야 하나? 아니면 형 곁에 남아 있어야 하나? 형은 지금 지하실에 갇혀 있는데…….'

미하엘은 파울루스 박사가 두 눈에 불을 켜고 요하난 형을 찾아다니는 깜깜한 대학교 연구소에 혼자 남아 메얼린 형을 기다린다는 건 생각만 해도 끔찍했다. 결국 요하난 형과 아카샤 누나를 뒤쫓아 갔다.

아카샤 누나는 요하난 형과 미하엘을 이끌고 대학교 건물들 사이를 요리조리 빠져나갔다. 노란 가로등 불빛이 밝혀진 샛길을 지나고 자갈이 깔린 길을 지나 철문 앞에 이르렀다. 철문 뒤로는 교차로가 보였고, 그 한가운데에 경찰차가 서 있었다.

"이런! 경찰이 저 앞을 지키고 있어. 차라리 돌아가자."

아카샤 누나를 따라 조금 더 앞으로 나아가자 큰길이 나타났다. 세 아이는 어둠 속에 몸을 숨긴 채 길을 건넜다. 흉측해 보이는 오래된 건물들 사이를 지나자 제법 폭이 넓은 물길이 나타났다. 물길 건너편 도로 위로는 차들이 쌩쌩 달리고 있었고, 물길을 따라 아주 좁은 길이 나 있었다.

"이리로 가자!"

아카샤 누나를 따라 미하엘은 요하난 형과 함께 물길을 따라 철교 아래로 난 길을 달려가다 근처 공원으로 들어섰다. 아카샤 누나가 숨을 몰아쉬면서 높다란 창살문 앞에 멈춰 섰다. 그 문은 굳게 닫혀 있었다.

"문을 타고 넘어가야 할까?"

요하난 형이 묻자 아카샤 누나는 고개를 저었다.

"저 안으로 들어가면 동물원이야. 차라리 왼쪽에 있는 인도교로 건너가자."

이번에는 오렌지색과 하얀색이 섞인 굵은 차단띠가 앞을 가로막았다. 그 띠에는 출입 금지라고 적힌 경고판이 달려 있었다.

"이건 또 뭐야?"

아카샤 누나가 투덜거리며 차단띠 아래로 기어 들어갔다. 요하난 형과 미하엘도 아카샤 누나를 따라 기어 들어갔다. 세 아이는 정신없이 달려서 물길을 건넜다. 달빛이 물 위를 비추었고, 그 옆으로는 커다란 공원이 보였다.

"여기가 동물원이야?"

요하난 형이 물었다.

"응."

아카샤 누나가 짧게 대답하고는 가만히 귀를 기울였다. 미하엘도 주변에서 나는 소리를 좀 더 잘 듣기 위해 입으로 숨을 쉬었다. 물이 찰랑거리는 소리가 들려왔다. 어디선가 만병초 나뭇가지가 부러지는 소리가 나직이 들리기도 했다.

"영 마음에 안 드네."

아카샤 누나가 중얼거렸다.

"뭐가?"

요하난 형이 초조해하며 물었다.

"주위가 너무 조용해. 평소에는 돌아다니는 사람들이 제법 많았는데."

그때 미하엘이 끼어들었다.

"늑대 때문이야! 여기 동물원에 늑대가 나타나 개를 물어 죽였다고 했거든. 그래서 아까 그 문도 차단되어 있었던 거야."

미하엘은 잠시 입을 다물고 생각에 잠겼다.

'다른 것도 말해 줄까? 내 생각에는 분명 늑대가 우리 앞에 나타날 것만 같은데. 하지만……'

"늑대 때문이라고? 여기는 시내 한가운데잖아?"

요하난 형이 묻자, 아카샤 누나가 나지막이 휘파람을 불며 말했다.

"미하엘 말이 맞아! 나도 그 얘기 들었어. 늑대가 발정이 나서 암내를 피우는 암캐를 따라왔다가, 시내 한가운데에서 나가는 길을 찾지 못해 헤매고 있다고 하더라."

"그럼 다른 길로 가면 안 돼?"

요하난 형이 걱정스레 묻자, 아카샤 누나가 시계를 들여다보며 말했다.

"그러기에는 시간이 너무 빠듯해. 잘못하다간 늦을지도 몰라."

세 아이는 잠시 서로의 얼굴만 바라보았다.

"아빠가 그랬는데, 늑대는 사람을 공격하지 않는대."

미하엘이 다시 말했다.

"게다가 우리는 셋이잖아!"

요하난 형도 거들었다.

"좋았어! 그럼 계속 가 보자."

아카샤 누나가 결심했다는 듯 단호히 말했다.

세 아이는 오른쪽으로 방향을 틀어 물길을 따라갔다. 얼마 지나지 않아 교차로에 다다랐고, 거기서 다시 동물원 안쪽으로 이어지는 구불구불한 길로 들어섰다. 자갈길이 달빛을 받아 하얗게 반짝였다. 하지만 길 양쪽 관목 수풀 아래는 짙은 어둠에 싸여 있었다. 세 아이는 걸음을 재촉했다.

"아직도 멀었어?"

개선 기념탑을 지나면서 요하난 형이 다시 물었다.

"아니, 거의 다 온 거 같아."

아카샤 누나가 계속해서 걸어가며 대답했다.

"저 앞에 등불들 보이지? 바로 거기야. 우리가 조금 길을 돌아왔나 봐. 아무래도 조금 전에 꺾지 말고 곧장 왔어야 했나 봐."

이제 오른편에 거대한 돌로 조각한 석상들이 보였다. 아카샤 누나가 잠시 걸음을 멈추고는 나직이 중얼거렸다.

"여기가 원래 메얼린과 만나기로 약속했던 곳이야. 그나저나 메얼린한테 아무 일도 없어야 할 텐데."

"당연히 아무 일도 없지. 내게 무슨 일이 있겠어?"

갑자기 익숙한 목소리가 어둠 속에서 들리더니, 석상 뒤에서 메얼린 형이 불쑥 나타났다.

"메얼린 형!"

"너, 대체 어떻게 된 거야?"

"지하실에선 어떻게 빠져나왔어?"

아이들은 서로 얼싸안고 펄쩍펄쩍 뛰며 반가움을 감추지 못했다.

"빠져나오는 건 그리 어렵지 않았어. 미하엘이 창문으로 빠져나가고 잠시 뒤에 파울루스 박사가 돌아왔어. 박사는 마구 욕을 하며 나를 협박하다가 다시 차에 태우려고 했지. 자동차가 있는 데로 끌려가다가 박사의 손길을 뿌리치고 잽싸게 도망쳐 나온 거야. 미하엘이 이미 도망치고 난 뒤였기에, 나 혼자 빠져나오는 것쯤은 식은 죽 먹기였지."

미하엘이 의기양양한 목소리로 말했다.

"형! 나도 형이 시킨 대로 요하난 형하고 아카샤 누나한테 그대로 전해 줬어!"

"그래, 잘했어!"

메얼린 형이 미하엘의 머리를 쓰다듬으며 칭찬했다. 그러고는 요하난 형을 향해 돌아서며 물었다.

"어때? 아무 문제 없이 계획대로 잘되어 가고 있는 거지?"

요하난 형이 고개를 끄덕였다.

"네가 이렇게 무사히 빠져나와서 정말 기뻐! 네가 괜찮을 거라고 말했지만, 사실은 몹시 걱정했거든. 이곳을 떠나기 전에 너를 다시 한 번 만나고 싶었어. 너한테 고맙다는 말을 꼭 하고 싶었어. 그리고 또⋯⋯."

아카샤 누나가 말했다.

"너희의 오붓한 대화를 방해하고 싶진 않지만, 우리의 최종 목적지를 향해 가야 할 시간 같은데?"

메얼린 형이 고개를 끄덕이며 말했다.

"그렇지! 이제 12시가 되려면 십오 분 남았어. 어서 가자."

네 아이는 다시 걷기 시작했다. 미하엘은 메얼린 형 옆에 바짝 붙어 서서 걸었다. 형이 옆에 있다고 생각하자 여간 든든하지 않았다. 형하고 같이 있다는 게 이렇게 좋은 줄 미처 몰랐다.

"저기가 바로 브란덴부르크 문이야!"

메얼린 형이 나무들 사이로 밝은 조명을 받으며 서 있는 거대한 건물을 가리켰다. 아카샤 누나가 물었다.

"그런데 어느 아치문에서 시간의 문이 열리는 거지?"

"어느 아치문이냐고? 그건 무슨 소리야?"

요하난 형이 고개를 갸우뚱하며 물었다.

"왜냐하면 브란덴부르크 문에는 아치문이 다섯 개나 있거든."

요하난 형이 살며시 미소를 지으며 말했다.

"그렇구나. 나도 어느 아치문인지는 몰라. 하지만 걱정하지 마. 시간의 문이 열리면 환한 빛을 내기 때문에 금방 알아볼 수 있어."

"하지만 브란덴부르크 문은 밤이면 늘 조명을 받아서 환하게 빛나고 있는걸?"

메얼린 형의 말에 요하난 형이 되물었다.

"정말로? 우리는 아닌데. 밤이면 언제나 모든 게 짙은 어둠에 싸여 있어."

"말도 안 돼!"

메얼린 형이 신기해하며 말했다. 아카샤 누나가 서둘러 걸어가며 재촉했다.

"어서 가자. 시간이 없어. 어느 문인지는 가서 확인하고."

모두 아카샤 누나를 따라 부지런히 걸었다. 조금 더 걷자 바닥에 설치된 환한 조명을 받고 선 거대한 건축물이 눈앞에 웅장한 모습을 드러냈다. 곧이어 아치문 다섯 개가 보였다. 공원 출구에 거의 다다랐을 때 커다란 동물처럼 보이는 시커먼 형상이 하늘 높이 불쑥 솟아올랐다. 미하엘은 깜짝 놀라 두 눈을 꼭 감았다 떴다. 하지만 그 형상은 움직이지 않았다. 다시 살펴보니 받침돌 위에 앉아 있는 사자 석상이었다.

'어! 저게 뭐지?'

갑자기 또 다른 석상이 움직이는 것 같았다. 미하엘은 다시 한 번 깜짝 놀라 그 자리에 멈춰 섰다. 그림자 하나가 사자 석상 옆으로 미끄러져 나오더니 요하난 형을 덥석 붙잡았다. 그 순간 비명 소리가 밤하늘에 울려 퍼졌다. 미하엘은 등골이 오싹해지는 걸 느꼈다.

'저게 뭐지?'

늑대는 아니었다. 하지만 늑대만큼이나 무서운 파울루스 박

사였다! 환한 보름달빛 아래, 박사의 모습이 훤하게 드러났다. 검정색 선글라스를 쓴 박사는 요하난 형이 꼼짝 못 하게 뒤에서 부둥켜안고 있었다. 이윽고 파울루스 박사가 표독스런 목소리로 말했다.

"내 기어이 너를 잡고야 말았구나! 자, 어서 말해 봐. 시간의 문은 어디지?"

메얼린 형이 파울루스 박사를 향해 소리쳤다.

"요하난을 풀어 줘요! 그렇지 않으면……."

"그렇지 않으면?"

파울루스 박사가 비웃듯 되물었다.

"나 없이는 이 아이는 아무 데도 못 간다! 너희는 스스로 엄청 똑똑한 줄 알았겠지? 어림없는 소리! 메얼린, 나는 너를 몰래 뒤쫓아 왔다. 너를 일부러 도망치게 해 준 거라고. 네가 나를 미래 소년에게로 데려다줄 줄 알았거든."

파울루스 박사는 승리감에 취해 크게 웃었다.

"나는 이제 이 녀석과 함께 시간의 문으로 들어갈 거다. 이제 오 분 남았구나. 그곳은 어디일까? 응? 설마……."

파울루스 박사가 멈칫하며 천천히 고개를 돌렸다. 요하난이 무심코 브란덴부르크 문을 바라보면서 시간의 문이 어딘지를 알려 준 게 분명했다.

"브란덴부르크 문이야!"

파울루스 박사가 만족스런 미소를 지으며 소리쳤다.

"정말 대단하군. 베를린 시내 한복판이라! 이건 정말 상상도 못 했어. 하기는 이곳에서 시간 여행자들 몇몇이 돌아다닌다 해도 아무도 신경 쓰지 않겠지."

파울루스 박사가 요하난 형을 브란덴부르크 문 쪽으로 끌고 가려고 했다. 하지만 아카샤 누나와 메얼린 형이 박사에게로 미친 듯이 달려들어 팔과 목을 붙잡고 늘어졌다. 그러자 박사가 요하난 형의 머리에 총을 갖다 대었다.

"내가 분명 말했지? 나는 누구도 다치거나 죽게 하고 싶지 않다고. 하지만 너희가 자꾸 나를 방해한다면, 나도 내가 어떤 짓을 저지를지 모르겠구나. 이 미래 소년에 대해 아는 사람은 너희밖에 없다. 설사 일이 잘못되어 내가 이 아이를 쏘게 되더라도, 그 누구도 나를 탓하거나 벌할 수 없다는 말이지. 만일 한 번만 더 쓸데없는 짓을 벌인다면, 나도 그땐……."

파울루스 박사가 겁에 질려 옴짝달싹 못 하고 있는 요하난 형을 툭 밀치며 말했다.

"어서 가자. 나와 함께 시간의 문으로 들어가든지, 아니면 우리 둘 다 들어가지 못하든지, 이제 선택은 너에게 달려 있다."

요하난 형은 천천히, 그리고 힘없이 파울루스 박사에게 끌려갔다. 아카샤 누나와 메얼린 형은 옆쪽으로 물러서며 두 사람에게 길을 내주었다.

　바로 그때, 미하엘은 덤불 뒤쪽에서 또다시 무언가가 움직이는 걸 보았다. 어둠 속에서 두 개의 작은 점이 이글이글 타오르고 있었다. 그 점들은 사라졌다가 이내 다시 나타났다.

　'저게 뭐지?'

　"이런, 제기랄……."

　파울루스 박사가 투덜거리며 그 자리에 멈춰 섰다. 미하엘은 무슨 소리가 들리는 것 같아 귀를 기울였다. 사람들이 웅성거리는 소리가 점점 더 가까이 들려왔다. 공원 입구 쪽에서부터 많은 사람들이 덤불 속을 헤쳐 보고 툭툭 치면서 이쪽으로 다가오고 있었다.

　미하엘이 소리쳤다.

　"늑대야! 사람들이 늑대를 잡으려고 몰려오고 있어!"

　미하엘의 입에서 나온 늑대라는 말이 마치 마법을 부리기라도 한 것 같았다. 늑대가 덤불 사이에서 소리 없이 미끄러져 나왔다. 달빛이 드리운 길 한가운데에 서 있는 회색빛 늑대는 엄청 컸지만 무척 야위어 있었다. 늑대는 번쩍이는 노란색 두 눈으로 자신의 유일한 탈출로를 가로막은 인간들을 노려보았다.

파울루스 박사는 저도 모르게 넘어질 듯 비틀거렸다. 엄청난 공포감에 사로잡힌 게 틀림없었다.

"안 돼!"

파울루스 박사는 요하난 형을 앞으로 휙 밀쳐 내고는 두 손을 끌어올려 얼굴을 감쌌다. 박사가 나직이 흐느끼며 주춤주춤 뒤로 물러섰다. 그러다 사자 석상이 서 있는 받침대에 등이 닿자, 그 위로 올라가려고 손발을 허우적거렸다.

"요하난, 이리 와!"

메얼린 형이 조심스럽게 속삭였다.

"겁먹지 말고 천천히. 저 늑대는 지금 겁을 먹고 있어. 그래서 저러는 거야."

시간이 멈춘 것 같은 그 순간, 네 명의 아이들과 한 마리 늑대는 서로를 마주 보며 그렇게 조용히 대치하고 있었다. 그러다 어느 순간, 늑대는 나타났을 때처럼 홀연히 덤불 사이로 모습을 감추었다. 이제 공원 출구로 가는 길은 텅 비어 있었다.

"어서 가!"

메얼린 형이 소리쳤다. 요하난 형은 힘껏 달리기 시작했다. 아카샤 누나도 그 뒤를 따라 달렸다.

"너도 얼른!"

메얼린 형이 미하엘의 손을 잡아끌고는 앞서 간 두 아이를 뒤쫓아 갔다. 요하난 형과 아카샤 누나는 어느새 출구를 지나쳐 브란덴부르크 문 앞 반원 모양 광장을 향해 달려가고 있었다. 미하엘도 메얼린 형과 함께 정신없이 달렸다. 문이 갑자기 환하게 빛나기 시작했다. 그 빛이 점점 짙어지더니 환한 빛 한가운데로 사람의 윤곽이 나타났다.

"아빠! 아빠!"

요하난 형이 소리쳐 부르며 빛을 향해 달려갔다. 그때 바로 옆쪽 아치문 그림자에서 호리호리한 체격의 아줌마가 분리되어 나오더니 요하난 형을 향해 달려왔다.

"요하난!"

요하난 형은 그 소리를 듣고 대번에 돌아섰다.

"엄마!"

요하난 형이 아줌마에게로 달려가 덥석 품에 안기고는 훌쩍거리며 연신 엄마를 불러 댔다. 이윽고 요하난 형의 아빠도 그리로 다가갔다. 이내 세 사람은 서로를 부둥켜안았다. 마침내 요하난 형이 가족과 다시 만나게 되었다.

메얼린 형은 가만히 멈춰 섰다. 미하엘은 그런 형 옆에 착 달라붙어 서 있었다. 미하엘은 다시 한 번 형이 있어서 참 좋다고 생각했다. 밝게 빛나는 시간의 문 앞 드넓은 광장에 혼자 서 있지 않아도 돼서 정말 다행이라고 생각했다.

마침내 요하난 형이 엄마 아빠의 품에서 빠져나왔다. 무언가를 찾기라도 하듯 주위를 두리번거리다가, 메얼린 형을 보더니 손짓했다.

"메얼린, 이리 와 봐! 어서!"

미하엘은 메얼린 형의 손을 꼭 잡았다.

"가지 마!"

미하엘이 메얼린 형에게 애원하듯 말했다. 메얼린 형은 그런 미하엘의 손을 꼭 잡은 채 몇 걸음 앞으로 나아갔다.

요하난 형이 엄마 아빠에게 무언가를 속삭이자, 요하난 형 엄마가 고개를 끄덕였다. 요하난 형이 갑자기 메얼린 형에게로 달려오더니 덥석 껴안았다.

"고마워, 친구야. 모두 다!"

요하난 형은 메얼린 형의 손 안에 무언가를 슬그머니 쥐어 주었다. 그사이 요하난 형의 엄마 아빠는 돌아서 있었다. 그러고는 광장 한가운데에 서 있는 아카샤 누나 앞을 지나 환한 빛을 내는 아치문 쪽으로 다가갔다. 요하난 형도 엄마 아빠를 쫓아가다가, 아카샤 누나 앞에서 갑자기 멈춰 섰다. 요하난 형은 미래로 가고 싶어 했던 아카샤 누나와 몇 마디를 주고받았다.

요하난 형이 아카샤 누나를 껴안아 주고는 엄마 아빠에게로 달려갔다. 요하난 형이 한 번 더 뒤돌아서더니, 아카사 누나를 바라보았다. 그러고는 요하난 형과 형의 엄마 아빠는 무언가를 마시고는 함께 손을 잡고 아치문 아래로 사라졌다. 그와 동시에

아치문이 환하게 빛을 발하더니 이내 사라졌다.

"휴우, 이제 요하난 형이 돌아갔어!"

미하엘이 참고 있던 숨을 내쉬며 말했다.

바로 그때 주위에 있던 사람들이 광장으로 몰려들었다. 여기저기서 박수갈채와 환호성이 터져 나왔다. 누군가가 소리쳤다.

"늑대를 잡았다!"

"근데 아카샤는 저기서 뭐 하는 거지?"

그때 메얼린 형이 의아해하며 중얼거렸다. 미하엘도 아카샤 누나가 있는 쪽을 쳐다보았다. 아카샤 누나는 손에 무언가를 든 채 점점 빛이 약해지고 있는 아치문 쪽으로 천천히 다가갔다. 오른쪽 아치문에 다다른 아카샤 누나가 뒤돌아섰다. 누군가를 찾고 있던 아카샤 누나의 눈이 메얼린 형을 발견했다. 아카샤 누나가 무언가를 높이 들어 올리더니, 활짝 웃으며 메얼린 형을 향해 손을 흔들었다.

"아카샤! 안 돼!"

메얼린 형이 아카샤 누나를 힘껏 불렀다.

"왜 그래, 형?"

미하엘이 메얼린 형을 쳐다보며 물었다. 메얼린 형이 당혹스런 표정으로 말했다.

"솜니아베로야. 아카샤가 파울루스 박사의 주머니에서 솜니아베로를 훔쳐 낸 거라고!"

메얼린 형이 미하엘의 손을 놓고는 아카샤 누나를 향해 달려 갔다. 하지만 아카샤 누나를 붙잡기에는 너무나 멀리 떨어져 있었다. 메얼린 형이 가까이 다가가기도 전에 아카샤 누나는 이미 아치문 아래로 들어서 있었다. 솜니아베로를 마신 뒤 바닥에 드러누웠다. 아카샤 누나의 몸이 환하게 밝아지더니 이내 사라지고 말았다. 아치문은 다시 한 번 눈부시게 환한 빛을 발했다.

"안 돼! 아카샤, 가지 마!"

메얼린 형은 아카샤 누나의 이름을 애타게 불러 댔다.

"형."

미하엘이 다급한 목소리로 메얼린 형을 불렀다. 바로 그때 질풍처럼 달려와 아치문 앞에 다다른 또 한 사람이 통곡하듯 소리

쳤다.

"안 돼!"

파울루스 박사였다. 늑대 때문에 받았던 충격에서 아직도 헤어 나오지 못한 것 같았다. 박사는 사라져 가는 빛을 향해 필사적으로 몸을 던졌다. 하지만 아무 일도 일어나지 않았다. 그제야 허겁지겁 주머니 속을 뒤지더니 한 번 더 애절하게 외쳤다.

"안 돼!"

밝게 빛나던 빛은 완전히 사라졌다. 파울루스 박사는 거대한 브란덴부르크 문 아래 아주 작고 초라한 모습으로 무릎을 꿇고 앉아 있었다.

"미하엘!"

어디선가 미하엘을 부르는 목소리가 들려왔다. 미하엘은 얼른 뒤를 돌아봤다. 아빠였다! 아빠가 성큼성큼 다가오더니 미하엘을 번쩍 들어 올려 품에 안았다.

"아빠, 아빠!"

미하엘은 연거푸 아빠를 부르며, 사흘 동안 면도를 못 해 수염이 더부룩이 자란 아빠 얼굴에 자기 얼굴을 비벼 댔다.

"그런데 왜 한밤중에 늑대를 사냥하게 된 거예요?"

미하엘이 묻자 아빠가 대답했다.

"낮에는 늑대가 어딘가에 몸을 숨기고 있었거든. 그러다가 늑대가 밤마다 동물원 안을 어슬렁거리며 돌아다닌다는 사실을 알게 됐어. 그래서 오늘 밤에 늑대몰이를 하게 된 거지. 네가 보다시피 이렇게 성공적으로 말이다."

아빠는 발아래 축 늘어져 누워 있는 늑대를 가리켰다. 목에 마취용 화살이 꽂혀 있었다. 늑대의 가슴이 미세하게 올라갔다 내려갔다 했다.

아빠가 고개를 살래살래 저으면서 말했다.

"너희가 여기 와 있을 거라고는 생각도 못 했구나. 지금껏 베를린 기동 경찰대가 나서서 너희를 찾고 있었거든. 너희가 아빠한테 오지 않았다는 사실을 알고는 엄마가 걱정이 돼서 곧바로 경찰에 신고를 한 거야."

"아빠, 걱정 끼쳐 드려 죄송해요!"

미하엘과 메얼린 형은 고개를 떨군 채 말했다.

"괜찮아. 중요한 건 너희 둘 다 이렇게 무사하다는 사실이지."

아빠는 그렇게 말하며 파울루스 박사 쪽을 건너다보았다. 박사는 잔뜩 풀이 죽은 채, 경찰차 뒷좌석에 앉아 계속 같은 말을 중얼거리고 있었다.

"우리가 미래를 바꿀 수 있었는데."

"미래를 바꿀 수 있는 가장 좋은 방법은 바로 지금 당장 뭔가를 하는 거예요. 그것도 옳고 좋은 일로 말이에요."

여자 경찰이 단호하게 말하며 자동차 문을 쾅 닫았다.

아빠가 고개를 갸우뚱거리며 말했다.

"저 박사라는 사람이 너희한테서 무얼 원했던 건지 난 지금도 이해할 수가 없구나. 저 사람은 왜 그토록 집요하게 네 친구를 뒤쫓았던 거냐? 그리고 저 사람이 정말로 그 아이의 작은아빠가 맞아?"

미하엘과 메얼린 형은 서로의 얼굴만 빤히 바라보았다. 이윽고 메얼린 형이 입을 열었다.

"그 이야기는 이따가 집에 가서 말씀드릴게요."

미하엘은 고개를 끄덕이다가, 입을 쩍 벌리며 늘어지게 하품을 했다.

"아빠, 나 졸려요. 무지무지!"

아빠가 빙그레 웃으며 미하엘을 따뜻한 눈길로 바라보았다.

"알았다, 어서 가자. 어쨌거나 저 박사라는 사람은 구속되어 벌을 받게 될 거야. 세상에! 어린아이한테 총을 겨누는 사람이 어디 있어!"

메얼린 형이 말했다.

"사실 그건 장난감 권총이었어요."

"그래도 마찬가지야!"

아빠가 단호하게 말하며, 축 늘어져 있는 늑대를 안아 자동차에 실었다.

얼마 뒤, 아빠는 늑대를 데려다주러 동물원에 잠깐 들렀다. 미하엘과 메얼린 형은 자동차 뒷좌석에 앉아 아빠를 기다렸다. 잠이 오기는커녕 오히려 눈이 더 말똥말똥해진 미하엘이 메얼린 형의 옆구리를 쿡 찔렀다.

"형?"

"응, 왜?"

"요하난 형이 떠나가기 전에 주고 간 게 뭐야?"

그 순간, 메얼린 형이 무릎을 치며 소리쳤다.

"세상에! 그걸 까맣게 잊고 있었네!"

메얼린 형이 바지 주머니에서 종이로 돌돌 만 것을 꺼내 풀어 보았다.

요하난 형의 레이저 칼이었다. 그리고 종이 위에는 연필로 급하게 휘갈겨 쓴 글이 적혀 있었다.

아마도
언젠가
우리는
다시 만날 거야,
꼭!

2120년에서
친구가 찾아왔다

첫판 1쇄 펴낸날 2016년 5월 30일
14쇄 펴낸날 2023년 2월 28일

지은이 안야 슈튀르처
그린이 율리아 뒤어 **옮긴이** 김완균
발행인 김혜경 **편집인** 김수진
주니어 본부장 박창희
편집 길유진 진원지 강정윤 조승현
디자인 전윤정 김혜은
마케팅 최창호 임선주
경영지원국 안정숙
회계 임옥희 양여진 김주연

펴낸곳 (주)도서출판 푸른숲
출판등록 2003년 12월 17일 제2003-000032호
주소 경기도 파주시 심학산로 10, 우편번호 10881
전화 031) 955-9010 **팩스** 031) 955-9009
이메일 psoopjr@prunsoop.co.kr **인스타그램** @psoopjr
홈페이지 www.prunsoop.co.kr

ⓒ 푸른숲주니어, 2016
ISBN 979-11-5675-092-5 44850
    978-89-7184-419-9 (세트)